世界科幻名著经典系列

# 最后一个大西洲人

zui hou yi ge da xi zhou ren

A·别利亚耶夫 著　　李 红　赵文辉 译

U0894435

河北大学出版社

图书在版编目（CIP）数据

最后一个大西洲人 / （苏）别利亚耶夫著:李红，赵文辉译. —保定：河北大学出版社，2009. 12

（世界科幻名著经典系列）

ISBN 978-7-81097-507-0

Ⅰ. 最…　Ⅱ. ①别…②李…③赵…　Ⅲ. 科学幻想小说—苏联　Ⅳ. I512. 45

中国版本图书馆CIP数据核字（2009）第202166号

丛 书 名　世界科幻名著经典系列
书　　名　**最后一个大西洲人**
著　　者　A·别利亚耶夫
译　　者　李　红　赵文辉
策　　划　高凤欣
责任编辑　杨显硕
特约编辑　高凤欣
装帧设计　合合设计 heheshe ji

出版发行　河北大学出版社
印　　制　保定市佰润彩印有限公司
版　　次　2009年12月第1版
印　　次　2013年8月第3次
开　　本　787×1092毫米　1/32
字　　数　100千字
印　　张　5.75
书　　号　ISBN　978-7-81097-507-0
定　　价　11.50元

## 内容提要

两千年前，柏拉图在他的一本书中曾描述过神秘大陆亚特兰蒂斯毁灭于一场奇灾大难中，这是真实事件，还是神话？

美国一个无所事事的大资本家决定亲自到大西洋底去寻找这个沉没的大陆。经过多年的苦苦搜寻，就在他几乎倾家荡产之际，终于发现了具有灿烂文明的大西洲遗址，并找到了一大批遗存的青铜文献。对这批文献的破译，使我们得知大西洲神奇的生活图景和它毁灭的原因。

# 序

科学幻想小说（Science Fiction），简称科幻小说（Sci-Fi），主要描写想象的科学或技术对社会或个人的影响的虚构性文学作品，是最受人欢迎的通俗读物之一。科幻小说与一般的传统小说不同，其特殊性在于它与科学技术的发展有着直接的联系，优秀的科幻小说除具备科学性外，也和其他优秀文学作品一样扎根于社会现实，反映社会现实中的矛盾和问题。其中某些杰出的科幻小说，往往能在科学技术发展甚至历史发展的方向上，提供若干有参考价值的预见。突出的例子如某些科学发明尚未问世，科幻小说则已经进行生动的描绘，如潜水艇、机器人、宇宙航行等。科幻小说传播科学知识，使人尊重科学，使年轻人笃信科学并献身科技事业。

科幻小说诞生于19世纪，是欧洲工业文明崛起后特殊的文化现象之一。人类在19世纪全面进入以科学发明和技术革命为主导的时代后，一切关注人类未来命运的文艺题材都不可避免地要表现未来的科学技术。可以说英国工业革命和达尔文的进化论是导致真正科学幻想小说出现的根本原因。

20世纪初期第一次世界大战、社会主义革命和物理学家爱因斯坦的相对论带来科学幻想小说的中兴。

此间欧洲出现了两位重要的小说家，法国人儒勒·凡尔纳和英国人赫伯特·乔治·威尔斯，从作品来看，他们无疑是科幻小说类型的奠基人。

第二次世界大战后，由于核裂变、宇宙航行、彩色电视机、电子计算机等科学技术的飞速发展，进一步促使科幻小说的繁荣，20世纪中叶是科幻小说的黄金时代，这一时期的作品大量描写未来，使人们展望未来反观现实，给作者和读者以更大的思想自由。它们与19世纪和20世纪初期的作品明显不同，因为后者主要通过空间将小说的背景置于超常的世界。

经过二三十年的繁荣，科幻小说家从作品的主题、情节，到艺术的方法都进行了新的探索。这是一个名家辈出，佳作纷呈的时代。其中最值得一提的是美国著名科幻作家艾萨克·阿西莫夫 。他一生高产，著述颇丰，作品竟达到500部之多。其中最主要的有两大系列："基地"系列和"机器人"系列，其作品不但大量被改编为影视作品，而且对其他科幻作家的创作影响巨大。

科学要发展，自然和社会会不断变化，人们必须面对变化莫测的未来。科幻小说是探索未来各种可能的一个好形式，它既可以使人们为未来作思想准备，也可以使人们更好地创造未来。还可以使人们产生新的思想，或者从旧的思想里发掘新的意义。因此，即使世界进入了信息化时代，音像图片成为青少年欣赏文学艺术创作的主要载体，科幻小说仍不失其重大的教育启迪作用。

今天我们呈献给读者的是亚历山大·别利亚耶夫的作品，他1884年出生于俄国的斯摩棱斯克，是前苏联的科幻小说大师，被称为"苏联科幻之父"。

他从小就喜欢幻想，是儒勒·凡尔纳、威尔斯的科幻小说迷。他相信人能飞上天去，有一天爬上了草棚顶，纵身跃入空中。这一跃反映出他的幻想、向往和勇气，但从此落下隐疾。他学习过法律、音乐，十月革命后多年从事儿童工作，和天真无邪、充满幻想的孩子在一起更加激发了他的想象力。后隐疾发作，在卧病在床时他读了很多医学和生物学的书籍，看了许多杂志。他在书中看到了复活死人器官的试验，病好后他开始了文学创作。

他从 1925 年发表长篇科幻小说《道尔教授的头颅》开始至逝世，在短暂的 15 年时间里共创作了 17 部长篇科幻小说、几十个中短篇科幻作品。

《道尔教授的头颅》当时是部题材新颖、内容惊心动魄的科幻小说。

处女作大获成功后，他发表了许多短篇，涉及领域在逐渐扩大，从“阅读机器”到“雪人”，从“野马”到“大熊星座”。从这一时期起，他创造了一个科学奇人的诙谐形象，一系列冠以《瓦格纳教授的发明》的短篇在 10 年间陆续问世。

1928 年他开始创作《水陆两栖人》，作品的主题是“改善人类”，使人具有更多、更强的能力，从而获得更广阔的活动空间。

1929 年完成的《世界主宰》是一部社会内容极为深刻颇具预见性的作品。

20 世纪 30 年代，作者创作了许多火箭、人造卫星和宇航题材的作品，其中篇幅最长的一部是《跃入虚空》，书中详细地介绍了苏联宇航之父齐奥尔科夫斯基的宇航学说，对未来的火箭、宇航生活以及天文现象进行了生动详尽而相当科学的描写。

《沉船岛》和《最后一个大西洲人》是别利亚耶夫对两大世界之谜——“灾难百慕大三角”和“消失的大西洲”——所做出的解释。

至于别利亚耶夫的最后一部作品《飞人阿里埃尔》，与其说是科幻作品，倒不如说是一部最有诗意的童话。这既是他儿时梦想的升华，也是卧病在床时的渴望，更是一生中最大的追求：人能自由自在地在空中飞翔，不用机器，也无须长出翅膀。在这部作品中，作者在赋予主人公奇妙的“飞天”能力的同时，对种种弄虚作假的“特异功能”进行了辛辣的讽刺和揭露。

1941 年冬，也就是在完成《飞人阿里埃尔》后不久，别利亚耶夫与世长辞了。

别利亚耶夫的作品题材广泛，内容生动，除了对未来进行大胆的幻想外，还形象地传播了大量的科学知识，在前苏联和许多国家享有盛誉，在世界上是和凡尔纳、威尔斯比肩的科幻大师。50 年代起，他的一些作品就被陆续译介到我国，受到几代读者的欢迎。尽管作者的许多幻想如今已成为现实，甚至落后于科技进步，但它们科学、进步和大胆幻想的主题永远不会过时，其文学魅力永存。这也是别利亚耶夫的作品长盛不衰，受到一代代青少年读者喜爱的根本原因。别利亚耶夫科幻小说的更大魅力在于他在作品中所体现的深邃的哲理思考。这些思考是建立在自然科学、社会科学结合基础上的，是对人类历史进程的认真反思，令读者感到回味无穷。

别利亚耶夫作品体现出的大胆幻想、勇于创新、科学思维、逻辑严密、热爱生命、保护大自然、不断进取、追求人类光明未来的远大理想，对于今天的青少年读者来说极具现实意义，这也是我们向广大农村读者推荐其作品的初衷。

本书据前苏联青年近卫军出版社（Издательство《Молодая гвардия》）1964 年版《别利亚耶夫八卷集》（《Александр Беляев：Собрание сочинений в 8 томах》）译出。

译者

2009. 5. 12

# 目　录

# 大西洲之谜

## 一　水下探险

“这主意不坏!”

索利先生把书往旁边一推，又自言自语地说了一遍：

“是呀。这主意不坏!”就陷入了沉思。

索利先生是纽约市的一个功成名就的企业家和证券经纪人，世界大战[①]期间靠军火发了财。

战争对于像他这样的人来说，真是个绝妙的玩意儿。战场上的尸山堆

① 第一次世界大战。——译注

得越高，索利先生金库里的钱就装得越满。仗打完了，索利先生已是“身价”亿万。

就在他财大气粗，踌躇满志之际，却遇上了别扭事。山珍海味和玉液琼浆给他闹了个脑血管意外。他做梦也没想到自己会脑中风，来个卧床不起。右臂右腿不能动了。

亏了病情不重，几个月精心治疗后，病人康复了。瘫痪看来是不至于了。但是，医生绝对禁止索利先生再返商界重操旧业。

“您不能再干了，”大夫说，“如果您想保住健康，就得彻底改换一下生活方式。外出去旅游旅游，或是收藏点儿什么，要不就搞搞慈善事业——总而言之，只要能消磨时间，开开心，您就想干什么干什么，千万别再动脑筋，不能叫神经紧张。不然我可没办法对您的生命负责。”

接到这样一份最后通牒，索利先生算是遇到了大难题：拿什么来打发余生，怎么开销自己那笔难以计数的财产呢？

他是个单身汉，这又大大地把问题复杂化了。没有一个人用得着他操心，他只能自己关心自己。

去非洲猎狮，像罗斯福干过的那样？

这种运动过于刺激，索利可没多大兴趣。

搞搞慈善活动？

一想到这事儿，他那油光水滑、红扑扑的脸蛋儿变成了一个挤眉弄眼的鬼脸。太俗气，再说这玩意儿也过时了。开上一张 10 万美元的支票给大学来点儿赞助，然后欣赏欣赏自己登在报上的像片？无聊乏味。

索利先生试着玩玩古董。开始购进意大利古典大师的绘画。可列昂纳多·达·芬奇和拉斐尔等人当初根本没料到美国人的胃口会这么大。大多数珍品早被搜购一空。

索利在买回一幅几可乱真的柯勒乔①的“真品”画出乖露丑后，就和美术绝了缘。

后来他搜集澳大利亚的回旋镖、中国的小铃铛……他甚至还收藏了一套从世界各地搜集来的包括 350 个品种的活跳蚤，这东西倒是足可以使他自吹自擂一番。但这毕竟不是那种……应该找点儿出乎其类拔乎其萃的事儿干干，说不定还能弄他个名垂千古呢。

在饱尝财富权势之乐后，索利先生又暗暗对荣誉馋涎欲滴了。但荣誉又怎样才能买到呢？这可不像买卖股票证券那么容易。

就在他寻找足以和自己身份相般配的远大目标几近灰心之际，一个不起眼的小事帮了大忙。

---

① A·柯勒乔，约 1489—1534，意大利文艺复兴时期代表人物，著名作品有《达那厄》等。——译注

索利先生的私人秘书偶然把一本蓝灰色封皮的小书丢在了他的写字台上。这是本法文书：《消失的大陆，世界第六大洲亚特兰蒂斯》——罗若·德温著。

百无聊赖的百万富翁随便翻了翻，书中有几行字引起了他的注意。

“必须组建，”作者写道，“一支有各国船只参加的大西洋考察队，去寻找欧洲、非洲和美洲远古民族的祖先们沉睡的神圣大陆。”

“寻找大西洲的水下探险队……这主意真不错！”

索利先生咬着雪茄，沉入了沽名钓誉的梦想之中。他，索利先生，将要去发现这块失去的大陆。他会成为又一个哥伦布。他要把美国的星条旗插到这块大陆上。从大西洋底弄古董！那里想必不会有赝品吧。全是稀世之珍，无价之宝。“这种投资不坏，”惯于用商业眼光看待一切事物的索利，脑袋里灵机一动。“还有荣誉，荣誉呀……”

对，得好好盘算一下这件事。应该认真研究一下。索利先生看了看书后的参考书目：“仅史密森学会①关于大西洲的藏书就有 50 000 多卷……”

“这可是太多了点儿！”一想到书卷如山，瀚海无

① 美国历史悠久的国立科研和文化机构，由英国科学家 J·史密森出资于 1846 年建于华盛顿。——译注

涯，索利先生不由眉头紧皱。“不过话说回来，学者是干什么用的？咱让他们去挑选一下吧。如今得先认识认识这个德温。”

索利先生把医生定下的严格的作息制度抛到了脑后，直到半夜还在埋头读书。

第二天早晨来上班的私人秘书卡特先生，不但看到了劲头十足的老板，还听到了令他呆若木鸡的话语。

“卡特！咱们要进行水下探险去找太西洲亚特兰蒂斯啦……”

卡特先是瞪大了眼珠子，然后斜了一眼昨天丢下的德温的那本书，这才恍然大悟。

“我倒宁愿去捉跳蚤，”卡特想。他可不把这种探险当好事。他不久前刚订了婚。

但他还是一如既往，谦恭地说道：

“听您吩咐，先生。”

## 二　大西洲和玛丽

工作热火朝天地展开了。索利先生像是换了个人，叫人都不敢认了。冷漠消沉和萎靡不振消失得无影无踪。他从早到晚一直不间断地跟学者、工程师和海员们开会。索利过问所有的细节，表现出他非凡的实干能力和组织才干。

工程师设计出各种类型的潜水艇。把儒勒·凡尔纳作品中尼摩船长发现亚特兰蒂斯时驾驶的“鹦鹉螺”号的幻想变为现实。但索利搁置了一项要造一艘更大潜水艇的方案。

“这种大家伙只有在我们最后找到亚特兰蒂斯时才能派上用场。再说，这种巨型的潜水船就是对我这样的财主也嫌贵了点儿。我们需要的是几条搜索艇，一支小型船只组成的船队，让它们在大洋的波涛之下进行全面的先期搜索。”

建造小型潜水艇的方案就这么决定下来，设计工作开始进行。

为了从潜水艇内对外进行观察，艇上要有厚玻璃舷窗，还得配备强大的探照灯。艇底得有个洞，以便通过它把特制的探测器放入洋底进行土壤分析。最后，还要有供潜水员出入的专用舱。水面上的船只和水下的潜水艇用无线电保持联系。

这样的潜水艇决定建造5艘。预算不断追加，但这并未使索利感到为难。他计划全部船只必须在两年之内竣工，开支用他资金的一部分利息就足以支付。第一艘船应该在半年之后造好。如果这条船的运气好，其他几艘就用不着再造了。

别看全部准备工作是铆足了劲儿进行的，这桩事业还真可能只因为一件事而流产，那就是卡特的未婚妻，金发玛丽的命运问题搅到了寻找大西洲的事业里来了。百万富翁的秘书倾心玛丽，一如索利痴迷亚特兰蒂斯。玛丽成了大西洲的劲敌。

卡特本来以为，索利这一回的想法也不过跟他以往稀奇古怪的花样一样，来得容易去得快。谁知这回的花样还真有可能叫他和玛丽·里夫斯长久地天水一方呢。

于是他暗中捣鬼，想毁掉老板的计划。他千方百计想叫医生接受醉心大西洲会损害索利健康的看法。他故意把工作搞得更加复杂，以拖延启航日期。他到处网罗那些不相信大西洲存在的教授，请他们劝说索利老头放弃计划。他还发动了一伙人在报刊上搞鬼。大多数学者都开始嘲笑索利的异想天开。报上还登出了讽刺漫画。但索利不为所动。

该着卡特倒霉，索利找来了一个拉里逊教授，这老头对探险有着狂热的爱好。

拉里逊老头儿的脑袋滚瓜溜圆，根毛不见，长着一双快活的小眯缝眼，搬到索利家后，他直接了当地说海底的大西洲散落着无以数计的财宝，把索利说得心花怒放，更加着了魔。

卡特见再没任何指望破坏探险，就在一天早晨向索利递了辞职书。

“怎么，您要在这种时刻离开我?”索利伤心地问。“是什么原因呢?”

他的话说得是如此真诚伤感，卡特稍稍犹豫了一下，就决定实话实说。

“我很快就要结婚了，不可能在这个时候出去探险，恐怕得一去好几年呢。”

索利低下了头。接着，他突然从安乐椅上一跃而起，大声叫道：

“这算得了什么问题！赶紧着结婚，把她也带上不就行了吗！”

“带上她……”这可是个新主意，卡特还真的没想到过。“可是，玛丽能答应吗？”

出乎他的意料，玛丽不仅答应参加探险，而且表现出极大的兴趣。

玛丽对亚特兰蒂斯已经不再是个威胁。

## 三　寻找大西洲

又过了3年。这是令人灰心丧气的3年。

现在已经是4年头上，潜水艇就这么一直在非洲西北海岸和北美洲、南美洲东海岸之间的大西洋水底游来荡去。虽说在地质学和古生物学方面有意义的发现不少，可惜亚特兰蒂斯却踪影皆无。成群结队的潜水员潜到海底几百米的深处，却只见到因受海水压力而结晶的火山凝灰岩、花岗岩和黏土页岩。

水下探险者们明显地疲惫不堪了。玛丽·卡特对亚特兰蒂斯的热情大大地降了下来。

她的丈夫诅咒亚特兰蒂斯、拉里逊和索利。只不过优厚的工资把他羁留在探险队里罢了。索利本人也不时陷入疑虑之中。开支没完没了地增加，他早就不得不动用了本金，他索利的“身价”比探险之前大大地打了折扣。

索利的水下探险起初曾引起广泛的关注。亚特兰蒂斯一度成为最时髦的话题。围绕着它而发表的演讲和学术争论文章连篇累牍、不计其数。一些人似乎亲眼目睹了海底藏宝。甚至提出了组建股份公司，要和索利合伙大干一番。但大略一核算，还是得等到索利的探险有了眉目再参与更为保险。可眼下的结果令人沮丧。报纸杂志对探险日益冷淡，接着转而揶揄，算起“亚特兰蒂斯神话”价值几何来，最后就不闻不问了。这对索利来说是最糟糕的事。

就在他颓丧至极之际，他投资石油股份公司的那部分钱财也赔掉了。

继续把像报纸所言的“海底捞钱”事业进行下去，索利就要面对破产的威胁。

索利变得寡言少语，暴躁易怒。

没泄气的只有拉里逊一个人。

“我们暂时失利证明不了什么。我们只不过在搜寻时犯了个错误。但这个错误不难纠正。问题就在于我们至今一直在亚特兰蒂斯的那些火山顶上刨来刨去。您回想一下柏拉图是如何描述这些高山吧。城市是在它们的山脚下。由此可知，为了找到城市，最低限度我们还得下降3 000米，降到海底的深谷里，在那儿的土壤上开几条深深的斜沟。我们一定会找到亚特兰蒂斯。它已经期盼了您几万年，当您离它和荣誉，对，就在离荣誉只有咫尺之遥之际！您却要撒手而去不成？”

狡猾的拉里逊早就看透了索利的心思，知道该弹哪根弦儿。荣誉！

“这荣誉得花多少钱？也就是说还得为它再花多少钱？”索利问。

核算开始。洋底作业耗资惊人。但生性倔强和冒险成性的脾气使索利决心再迈出一步。

最后搜寻的地点选在北纬 12 度、西经 40 度。

几台巨型潜水钟降到大洋水底，在3 000米深处，水的压力太太，穿潜水衣的潜水员无法工作。从泊在洋面的船上送电开动的钻探机开始钻孔，钻出的泥土经由密封舱输送到潜水钟外。有几次水流从潜水钟下涌入，6 个工人为此而付出了生命。找愿意顶替死者干活的人越来越难，付出的工资也越来越高。

顽强的工作进行了 3 个月。探险队的英勇拼搏重又引起“地面世界”的关注。

不知疲倦的拉里逊精力充沛地领导着大洋底下的工作。

索利的大部分时间是在离工作地点不远——当然是在水面上——的浮动船坞上度过。钻到潜水艇里他可吃不消。海洋空气使他的健康大大增强。他感觉自己的身体变得棒极了。

只可惜这种疗法费用太高。一天上午他在核算账目和资产负债表时发现，他的资金只够支撑两个月工作的开支了。再往后——就是穷途末路。他不仅要破产，还要作为一个想入非非的老不正经而丢人现眼。

傍晚，当拉里逊像往常一样疲惫不堪而又神采飞扬地从大洋底下浮上来，咋咋呼呼地来找索利时，索利把这令人沮丧的消息告诉了他。

拉里逊头一次感到惊慌失措。

他压根儿没想到连这只金口袋也有掏空的时候。但拉里逊已经是全身心扑在这项工作上，他不愿意绝望。

“这不可能！”

“怎么不可能？您看看这张决算表吧。”

“我说的不是这个不可能，是工作正在这个关键时刻停下来不可能。我们已经钻到了松软的凝灰岩。活好干点儿了。就在今天，我已经找到了一块极像屋顶上的瓦片那样的东西。钱吗？非得弄到不可！”

“怎么去弄？”

拉里逊耸耸肩回自己屋去了。这一晚他写了很久，还做了某些安排，第二天一早，他匆匆吃过早餐，就又潜入大洋底下“自己的地盘”去了。

## 四　意外援助

命运攸关的两个月就要过去。索利一直在盘算，当自己摆脱掉有关亚特兰蒂斯的“愚蠢想法”并清算之后，还能剩下多少钱供自己苟延残喘。他找来了会计师为他做清算。卖掉在得克萨斯州的绵羊牧场只能剩下微不足道的几十万美元。索利沉思着喷出缕缕烟雾，勾画着自己的前景。他将到南方的一处孤寂庄园离群索居，了此残生。呼吸从非洲彼岸燥热的沙漠里不断送来灼热的空气。

突然，北方出现了一支船队。船队临近了，索利已经看见了信号旗在迎风招展。

“这又是什么船队?”

他不知道，来的是他压根儿想不到的一支国际援助船队。拉里逊一直没闲着。他给世界各国的报刊写信热切呼吁，号召所有文明人类“为了科学”而支援探险。他那热情洋溢的呼吁书得到了反应。一支援助船队组建起来，正在向浮动灯塔驶来。

索利好久没看报了：“除了添堵还能有什么。”所以他不知道拉里逊发表呼吁的事。

援助真是雪中送炭，太及时了，工作现在以加倍的速度突飞猛进。很快就发现了不容置疑的亚特兰蒂斯的遗迹：被防水层保护完好的黑、白、红三种颜色石头建筑的房屋。这一发现在全世界引起了非同凡响的轰动。几乎所有国家都参加了发掘，就好像要弥补自己的过失一样。

工程进展很慢，然而这再也不是那种胡打乱撞的工作。

月月都有令人更加振奋的消息传出。索利缓过劲来，重又喜气洋洋，他也乘上潜艇深入工程现场，一会儿，透过舷窗观察到被探照灯照亮的蓝色海水中一排排半倾圮的圆柱，鱼儿轻柔地摆动鳍尾穿游其间；一会儿，又看到屋墙；一会儿又看到寺庙的歪斜柱廊……

探险的第五年，已经坍塌的海神波塞冬的大殿被发现，寺庙里有大量刻着手稿的打磨光滑的青铜薄片文献。文稿保留得非常之好。一位俄国语言学家成功地译解了它们。亚特兰蒂斯逐步公开了它的所有秘密：寺庙、金字塔、雕像、房屋、青铜兵器、各种器具和亚特兰蒂斯人的难以数计的“青铜书籍”。

发掘工作结束之际，来自世界各国的外交和学术代表们举行了一个国际会议，讨论如何处置从大西洋底发掘出来的宝贵至极的考古学珍品。

会议决定，不能损害几乎能全面再现亚特兰蒂斯风貌、它的文明和生活的考古资料“核心”的完整性。然而欧洲和美洲两家展开了激烈争论：谁有权掌握这一核心。

争论的结局是美洲赢了，作为对欧洲的让步，决定在那里建造一座国际亚特兰蒂斯博物馆。

这是一座巨大的，仿照亚特兰蒂斯人风格的建筑，有 360 个大厅，每个大厅都摆满雕像、各种器具和宗教用品等等。主楼周围还有许多建筑：国际亚特兰蒂斯研究院和仅有关亚特兰蒂斯的专著的收藏就超过 20 万册的图书馆。

在博物馆和研究院揭幕典礼上首先发言的是拉里逊教授。他的讲话长达 6 个多钟头，但听众依旧兴趣盎然。索利先生在庆典上也没受到冷落，他的自尊心得到了极大的满足。说到底，毕竟是他的无所事事和多余金钱导致了亚特兰蒂斯的发现。

这一次考古收获之中复品多得是，足够在欧洲又建成好几座藏品极丰的博物馆，其中收藏最为充实丰富的是莫斯科、巴黎和伦敦的博物馆。

到这儿，大西洲亚特兰蒂斯的发现简史就介绍完了。下面要讲的就是亚特兰蒂斯本身的历史。这段历史是那位闲不住的老头子拉里逊写的。像拉里逊这么一位热情澎湃的人是写不出枯燥乏味的学术论文的。他写出来的东西与其说是史料，倒不如说是小说。但这部小说的每一个情节都是以学术资料为依据的。遗憾的是，拉里逊意外去世，这部为他的许多友人所知的手稿竟然下落不明。直到不久之前，这部稿子才在他离群索居的生前住所的一个小阁楼里的废物堆里被发现。

以下即为手稿原文，拉里逊本人加在手稿上的注释一并保留发表。

# 最后一个大西洲人

## 序

此稿是为自己而写。我研究亚特兰蒂斯耗时多年，与其结下不解之缘。大西洋底的亚特兰蒂斯废墟，我曾屡屡徘徊其间。在那里，我眼前闪过了它往日的辉煌画卷和最终毁灭的可怖图景。据在大洋底及不少国家在地面上找到的多种资料，我了解了它的全体居民乃至个别人物的命运。所以我有一个难以遏制的愿望，要把它全部写出来。但我并不打算把手稿付印发表。

我这部有关亚特兰蒂斯的作品，

作为小说，学术性太强；作为学术专著，又过于浪漫。但我又不能不写，因为那些情景宛如梦魇终日萦怀。

也许写完这一切之后，我才能更安心地从事自己的学术研究。①

## 一 大西洲

夕阳西斜。橙树和玉兰繁花似锦，漫山遍野芳草萋萋，傍晚的海岸风把它们的香味一直吹送到船上。

乘客们来到五层海船的上甲板，观赏着壮丽风光。他们眼前伟大亚特兰蒂斯的海岸在炽热的阳光照射下仿佛昏昏欲睡。岸边矗立着著名的海神波塞冬巨塔——世界上的奇迹之一。它是圆锥形的，顶端的截面仿佛直抵苍穹。灯塔是由巨大的正方形石块建成，石块有红黑白3种颜色，组成了美丽的图案。一条可以并排行驶6辆马车的宽阔大道围绕着巨塔盘旋而上，直抵塔顶。

螺旋形的大道上大车日夜来往。一些大车把饱含树脂的木头运到塔顶，另一些大车把炭灰运走。灯塔顶端是个圆形广场，其面积足以容下一个小城镇。这里存有

① 书中大部分人名地名取自亚特兰蒂斯语。但某些（如波塞冬、亚特兰蒂斯等等）是采用自柏拉图以来一直沿用而又为当代人所熟悉的名称。——拉里逊注

大量的木柴，有一个个存放灰烬和木炭的深坑，以及燃烧篝火的格栅，还有一套磨光的巨型青铜凹面镜。多脂的木材掺和着硫磺以及石油，燃起明亮耀眼的火焰，即使狂风暴雨也不会把火焰熄灭，因为有青铜遮檐抵御雨水的冲浇。青铜镜就像强烈的聚光器，能把火焰聚光，再反射到几十里外的洋面上。

矗立在港湾旁的灯塔，被一座座花园围绕，花园之中黑、红、白三色石头建成的方方正正的房屋星罗棋布。再往远处，地势渐隆，不久就变成一道山脉。

山坡上坐落着全世界和亚特兰蒂斯的首都——波塞冬尼斯，它的建筑物上的青铜镶饰就像熔化的黄金一般在阳光下闪闪发光。再往高处，几座顶着皑皑白雪的雄伟山峰像卫士一样排成一个半环。

而沿着整条山脉伸展开来的，是亚特兰蒂斯人最奇妙壮观的艺术杰作之一，那就是亚特兰蒂斯伟大的雕塑家阿季什尔纳·古安齐的作品：太阳神像。

太阳神被塑造成一位左侧着地，半躺半卧的青年人。在他贴着大腿向前伸出的右手之中有一支角笛，一条巨大的瀑布自角笛之中喷涌而出。他的左肘撑地，左手掌摊开，太阳神微笑地看自己掌中的座座神庙和居于正中的波塞冬尼斯大庙，还有几座大大小小的金字塔。神像的躯体依山脊之势开凿而成。从雕像的胳膊肘走到脚尖，足足得需要两天半的行程。这是成千上万奴隶血

汗的结晶。

这座雕像给离岸还有几个小时航程的海外来客造成一种无法比拟的非凡印象。雕像掌中的巨大庙宇和金字塔看起来就像是一些精巧的小玩意儿。

雪峰宛如在炎热的蓝天上时隐时现的白云，为太阳神像镶上了断断续续的银边。

乘客们肃然起敬，鸦雀无声地眺望这一瑰丽景色。

“亚特兰蒂斯的神果真伟大无比!”一位来客沉思着说道。

他坐在一个黄金宝座上，头上有彩条花纹的华盖遮阳，身上是绣花丝绸朱紫衣。在落日余晖的照射之下，他衣服上缀的红宝石像红火炭一样闪烁发亮。他的胡须又黑又长，卷成一个个小圈，脸颊以下又编成一根根小辫。他头上戴的锥形王冠上也缀满了宝石。

他是亚特兰蒂斯众多属国之一——遥远的阿苏尔国的国王，带着按例奉献的贡品前来参加太阳节。

船进港了。水手们降下一面面用彩丝绣着带翼飞牛的巨大朱紫色风帆。风帆沿着一根根构成“人”字的桅杆降下，好像一把巨大的雨伞。一排排划手停下他们手里包着青铜皮的沉重船桨。只有最下面一排船桨伴着长笛的乐曲，一起一落，节奏鲜明地击打着水面。

最后，船头上的小三角帆也收了起来。它在风中像彩蝶翅膀一样扑打了几下，就一动不动了。

船驶进两岸铺砌着白色石块的大运河。

运河流经3个一个接一个的河湾。当船驶近第一个河湾时，海岸卫队的青铜巨号轰然响起。

6条艇首冲角高昂，短桅成“人”字的海关平底快船驶近来船，在它跟前围成个半圆停下来。快船上站着手持长枪短剑，戴着锃亮青铜头盔的士兵。

海岸卫队长登上来船甲板。他伸手敬了个礼——亚特兰蒂斯的自由民哪怕是对国王也不行跪拜礼，然后请他们继续赶路。船桨又齐刷刷地插入水中。

不一会儿，运河突然到了尽头，海船驶进了夕阳辉耀着的波塞冬尼斯大港。风吹打着林立的桅杆上的面面旗帜，发出噼里啪啦的声响。说话声、唱歌声、门扇的吱扭声和青铜锁链的哗啦声汇成一片嘈杂，什么声音也分辨不清了。

船继续向前开去，接着又驶进一条9千米长的大运河。运河两岸房屋毗连，庙宇和仓库接连不断；玉米小麦地里沟渠如织，灌溉着这片肥沃良田。在好多花园的绿阴丛中，星罗棋布地分布着用白色石块建造的方方正正的低矮小房，所有墙壁上都镶嵌着用白红黑三色石头构成的简朴而美观的装饰花纹。

往右看去，沐浴在落日最后的余晖之中的是高高耸立的滨海市场的大厦，上面有许多刻满题词的高大方尖

碑。市场前人声鼎沸，什么种族的人都有，真是五光十色：斯堪的那维亚人[①]，他们甚至到了这儿也不扒掉皮袄，更不用说取出不怀好意地藏在皮袄里头的短剑了；亚细亚人，头戴红色的尖顶帽，身穿披金挂银的长袍；努比亚人[②]是象牙贩子，戴着锥形高帽，上面驱邪避灾的护符叮当乱响；还有那些黄面孔的马贩子和投机商……

海船终于在第三个内海湾下锚停泊，水面上的小船、帆船和游艇，就像一只只水甲虫似的穿梭往来。乘客们下了大船，分头登上绘有太阳图案的黑色舢板。

这些舢板沿着笔直的运河迅速前进，一连驶过3条成同心圆的环状水渠，在这些红色青铜驳岸的水渠中央，波塞冬尼斯城的圣山[③]高高屹立。

南方没有黄昏，太阳一落夜晚就接着降临大地。远处，从滨海市场那边传来歌声和人群的喧闹声，因为相距太远，声音听得不大清楚……

圣山上高耸着巨大的青铜柱“灯”，明亮的灯光从柱顶照射下来。天幕映衬出远处为亚特兰蒂斯抵御北方寒风侵袭的积雪皑皑的群峰，雪峰脚下，有一片黑压压

---

① 斯堪的那维亚是欧洲最大的半岛，今包括瑞典、挪威、丹麦、冰岛诸国。——译注

② 非洲苏丹的少数民族。——译注

③ 皇宫和神庙的所在地。——译注

的森林……

在第一和第二条环形运河之间坐落着几个巨大的兵营。这里驻扎着久经考验、忠心耿耿的军队，士兵大都是从金发长须的高卢人[1]和肤色黝黑的柏柏尔人[2]中招募来的。

外来的客人们从舢板上下来，开始步行攀登圣山。山顶上拱卫着神殿的座座金字塔已清晰可见，波塞冬大殿就位于这些神殿正中。神殿的四周是一连串豪华壮观的寺院、教堂、花园、天文塔楼和祭司的科学实验室。道路两旁长着叶利根尖、汁液猩红如血的龙血树；棕榈树丛中的喷水池细流喷涌四溅。

皓月升空，月光照亮全城，空气里花香袭人。军营里不时传来阵阵刺耳的号声。

除了站在那里宛如泥塑木雕般一动不动的卫士外，没有人迎接来客。卫士们身披锻造得十分精美的铠甲，在月色下熠熠发光，看起来就好像一尊尊青铜铸像。这就是“尼普顿[3]的武士”——他们全是祭司子孙和皇族

---

① 亦称克尔特人，公元前 1 世纪后半期住今法国、比利时、德国、瑞士、奥地利、意大利、西班牙、不列颠、捷克、保加利亚和匈牙利全境或部分地区的古代居民。——译注

② 北非部族。——译注

③ 尼普顿，罗马神话中的海神，即希腊神话中的波塞冬。——译注

贵胄。只有名门望族子弟才有在这些禁区内站岗放哨的荣耀。

到了圣山高处，愈加感到大洋的气息格外清新……

波塞冬大殿建在没有尖顶的金字塔的青铜铺地的顶面之上。神殿纵深为一斯塔第①，表面全部由银、金和青铜包镶。殿内的雕像和圆柱均以象牙装饰。神殿之上耸立着站立在飞马拉着的双轮马车上的海神波塞冬的巨大神像。在这座神像的四周，高高地矗立着几排天文柱和青铜的涅瑞伊得斯们②，还有几十个皇帝皇后的金塑像，他们都是波塞冬10个儿子的子孙。

所有的建筑都以锃亮的青铜饰面，雄伟壮丽之中透出一股蛮野之气，令人望而生畏。

离神殿不远，从山岩中涌出两股清泉：水流一冷一热。泉水流入两个蓄水池内，在它们上方建有浴室，一个供夏季用，另一个上有遮顶，供冬季雨天使用。

向导把来客们带到了离波塞冬大殿不远月桂丛中几座宫殿之中的一座跟前。殿前的根根廊柱上缠绕着花朵盛开的紫藤。

月光照亮青铜镶面的大门，上边绘着太阳神像——

---

① 古希腊长度单位，各地长短不一，亚特兰蒂斯人的一斯塔第为177.6米。——拉里逊注

② 涅瑞伊得斯，希腊神话中的海中仙女，海神涅柔斯的50个女儿，她们的名字分别代表了大海的种种品质。——译注

一颗人头，披散着宛如烈焰四射的头发。

向导敲了下宫门，宫门应声而开。

“最最最伟大的亚特兰蒂斯皇帝请陛下在此下榻。”向导伸手示意，对阿苏尔国王说道。

亚特兰蒂斯的仪仗队将长矛一摆，磕响盾牌敬礼，海外来客们迈步走进宫中。

## 二　谢　莉

“夜里真闷热呀！这青铜镶面白天烤了一天，到了晚上还叫人喘不上气来。得跟我们的建筑师孔季纳沙尔说一声，让他给我盖一座用带孔的石头造的宫殿，就跟什申—伊特茨的那幢一样。拉开窗帘，查！”

谢莉公主的老乳娘，名字叫吉—什尔查。但谢莉从小就用简称“查”喊她。

老妇人拉开绣着银色百合花的淡紫色窗帘。廊柱之间的窗户打开之后，可以看到沐浴着月光的洋面上碧波粼粼，银光闪闪。一阵清风吹入屋内，拂动着谢莉宽腰带两头的末梢。

谢莉站在一张象牙小桌旁，桌子上摆满了碧玉小匣、水晶和黄金的细长小瓶，用各种玛瑙雕刻的盛香粉胭脂用的玲珑剔透的杯杯盏盏，还有几个小塑像。

她伸开手臂拿着一面亮晶晶的青铜镜。一块织着蛇、鲜花图案的亚麻布紧紧地裹在她的腿胯之上，遮住她的下半身；亚麻布的上边是一条深蓝色的宽腰带，在小腹那儿挽了个花结，腰带的两个头儿一直垂到膝盖以下。胸脯、脖颈和双臂都裸露在外。她胳膊肘的上方戴着蛇形镯子，精细的小鳞片闪着微微泛绿的金光，稍稍扬起的蛇头上镶着一对炯炯有神的绿宝石眼珠。

谢莉一边对镜自赏，一边理着满头的乌黑散发。

姑娘身体的一侧被笼罩在高脚铜灯射出的通红的火焰里，另一侧沐浴在穿过高高廊柱洒落进来的淡蓝色月光之中。青铜镜的反光使她那黝黑的皮肤略显金色。

“查，给我梳梳头吧。来过节的宾客多吗?”谢莉斜躺到一张铺着豹皮的低矮卧榻上。

“一个劲儿地来着呢……光国王就到了16个国家的了……舍库尔国王、阿加德国王、埃列赫国王、乌尔国王、伊士尼国王、马萨姆国王、阿述尔国王——数都数不上来啦……古安—阿塔古耶拉干陛下最强大！亚特兰蒂斯人征服了全世界。就说那个阿苏尔国王吧。他那么卑躬屈膝跑来干什么！你可别……”

“查，知道我今天做了个什么梦吗！好像一只鹞子抓住了我的鸽子，把它掳走了。我要喊，但又喊不出声……突然，一只雄鹰腾空而起——向鹞子流星般地扑过去，它们厮斗起来，羽毛乱飞。就在这时我被惊醒了。多可惜呀！……这样我就不知道雄鹰到底救下鸽子没有……你认为这个梦是什么兆头？是不是得问问埃利扎伊尔？他挺会圆梦呢。”

“还用得着问他。这个梦我就能解。鸽子吗，就是你。为了你早就毛羽纷飞了：这意味着求婚的争起来啦。这不，我听说阿苏尔国王这次又来向你求婚了。他去年就求过一次婚了。”

“就是那个留着卷毛长胡子的黑汉子？凭什么呀！让我跟着这头鹞子飞到世界的边缘去，丢下我可爱的家乡？凭什么呀！”

“皇帝的金口玉言就是法律，不是什么事都能由着我们的性子来！”

“我对自己说的话也是金口玉言。好吧，咱们等着瞧吧！我的头你怎么梳了这么久？”

“梳好啦。明儿过节想穿什么衣服？吩咐吧。”

“明天我不穿衣服，我要披甲戴盔，拿上短剑长矛！”

接着她的手臂猛然一劈，好像用剑把空气劈开。她那薄薄的皮肤下鼓起了发达的肌肉。

“明天我就带上我的亚马逊女骑士的队伍，让那些外国鹰鹫们看看，亚特兰蒂斯的女儿动刀动枪一点不比他们的武士差，这也许能打消他们妄图在亚马逊女人[1]

① 亚马逊女人，希腊神话中黑海沿岸的女人部落，好勇斗狠。——译注
亚特兰蒂斯的妇女和男子一样，都参加战斗。——拉里逊注

中娶老婆的念头。”

她伸出右臂拎起斗篷，潇洒地随手一甩，斗篷的一边就披到了左肩头。

“用别针把斗篷别上！不然又要滑下来了，”查一边嘟嘟囔囔埋怨着，一边递给谢莉一枚镶着一颗被一支金箭穿透的红宝石心的胸针。

谢莉看到这个古代不幸爱情的象征，微微一笑。这枚胸针出自奴隶阿季什尔纳—古安奇之手，他是个雕塑家和宫中的御用首饰匠。

“阿季什尔纳在干什么呢？他的黄金花园搞得怎么样了？能赶在节前把它弄完吗？”

“听说是完了。他正在花园里呢。”

“我去看看他干得怎么样！”

“你怎么啦，谢莉！”查连忙摇着双手说，“黄金花园在完工之前，你父王严禁任何人入内。它们明儿个就开放，到时候你爱怎么玩就怎么玩！”

“我悄悄地去！……我有钥匙。”

“没有一把钥匙能打开黄金花园的锁。”

“可我的能！”

查怀疑地瞅瞅这个她一手带大的公主。

“你从哪儿搞来的？……是不是阿季什尔纳自己给你的？”

“就算是吧！”谢莉开心地笑起来，一把抱住了查，

“和我一起去吧，我的老奶奶……”

查被自己宠儿的温柔劲儿解除了武装。

“万一你父王突然驾临，碰见你怎么办？”

“他现在正为国家大事忙得不可开交呢。要不咱们这样：先到他那儿去瞅瞅，看他现在在干什么。如果什申有本奏上，那就在黄金花园里逛到天大亮也平安无事。”

查不以为然地摇了摇头，可还是跟在姑娘后边，一瘸一拐地蹒跚着去了。

## 三　大西洲皇帝古安—阿塔古耶拉干

皇帝正在一间没有一根柱子的狭长宫殿里处理国家大事。宫殿四壁上镶满青铜浮雕，记载着亚特兰蒂斯历代皇帝的文治武功。墙壁下半截 20 肘①的高处挂满了织着神话故事场景的彩色壁毯。从紧挨着天花板的一排正方形的窗子望出去，满天星斗清晰可见。另一排窗户对着宫殿内庭，在二楼上。谢莉领着她的保姆悄悄来到楼上，躲在丝绒窗帘的背后往下偷看。

在这间窄得像长廊的房间的尽头，古安—阿塔古耶拉干背靠窄墙，坐在一张用珍贵的木材制成的宝座上。

---

① 古代长度单位，1 肘约等于 0.5 米。——译注

宝座的靠背上装饰着一轮金碧辉煌的太阳。4 只用象牙雕刻而成的狮子爪撑着宝座的 4 条腿。

皇帝的一侧站着一个穿黑长袍的祭司——太阳使者，他负责巡察亚特兰蒂斯的领地。

另一侧站着的是皇帝最赏识的祭司什申。

宝座脚下的拼花地板上铺着一张穴熊皮，皮上俯伏着一个专司记录的奴隶。

在他面前摆着一个小书案，上边放着几张莎草纸、墨水和一支毛笔。

皇帝坐在那里，目空一切凝视着远处，慢慢腾腾地口述道：

“写：朕——强大至尊、武功盖世的皇帝，雄狮猛士古安—阿塔古耶拉干，无所不能的皇帝，亚特兰蒂斯的主宰。朕——战无不胜、攻城掠地、毁敌灭仇的武器——诏示乌鲁查尔国王，尔敢造反以抗天威，朕之怒火势必焚汝！

“朕要用叛逆之首级垒起金字塔。活剥尔皮，钉于城门之上，一如猎者撑晒兽皮。朕要在城门前竖起刑柱，剥下所有胆敢造反的达官贵人之皮来包裹刑柱。有的朕要以木棍穿于刑柱之上，有的朕要以木棍穿于刑柱之旁。朕要剁下俘虏的脚，把它们堆积成山，朕要割耳劓鼻，卸掉手臂。黄口稚齿，无论男女，难逃活焚之祸。

“朕之怒火将逐尔地角天涯……”

“把朕的诏书誊写一遍，盖上王玺。”他转身对什申说：“派出1 000艘战船运载常胜军团，”皇帝又调转身来对传令官说：“把他们彻底消灭。亚特兰蒂斯的政权必须像大地一样坚如磐石，不可动摇！”

直到现在为止，情况一直是这样。青铜兵器，数不胜数的战船，缜密而有远见的策略使世界各民族都臣服于亚特兰蒂斯人的统治。他们的政权就像一个青铜环似的紧紧箍在地球上。

在那些单凭武力难于达到目的的地方，亚特兰蒂斯人便运用政治手腕取胜。当一些国家发生战争时，他们就乘机援助交战的一方，使其处于自己的保护伞下，战胜敌手，逐步地让两个敌对国家都听从自己的驱使。

亚特兰蒂斯人与许多最遥远的国家也建立了贸易关系。

亚特兰蒂斯人的文明，他们的建筑学、天文学和医学流传到了世界各国。尽管他们的文明传播到新地方后有所变化，但依旧保持着原来的基本特征。只有金属冶炼术和如何增强青铜硬度使其坚硬如钢的秘诀，亚特兰蒂斯人一直严守不露。

难得发生叛乱。一旦有人造反，就会遭到无情的残酷镇压。祭司等级所掌握的高水平科学知识与统治者的奢侈残暴在亚特兰蒂斯同时并存。

跟传令官说完之后，皇帝对什申说：

“你还有什么问题吗？”

“最最最伟大的、攻无不克、战无不胜的……”

“说得简单点儿吧，这里没有外人。天亮前我没有多少时间了。”

“祭司上院要求通过，新的一年仍按旧例拨出国家税收的十分之一作为神庙岁入。”

“给你们一半就够了，祭司们眼看就比我还富了！”

“这会引起不满的。也许还要……”

皇帝皱起眉头。他那长鼻子上端显出两条很深的皱褶——勉强按捺住怒火的标志。

“这算是什么？不满意？……祭司们太健忘了。他们捞得可不少了！他们还想借我的名义来揽权。我不能容忍任何人限制我的权力！……在祭司上院开会时，祭司们总想用他们学问来贬低我的威望。只要我一坚持己见，他们就抬出神的权威来。神的旨意对我来说当然是神圣的，可是神对凡间小事真的就像祭司们说的那么感兴趣吗？够了！我忍耐的时间够长了！今后议院开会时，7 个上院祭司的名额要减成只有 3 个，其余 4 个席位我要给军事长官，给波塞冬尼斯王室的人。草诏！”

什申用手掌擦了擦头上冒出的冷汗：“伟大的皇帝……”

“够了，我才不稀罕这些口头颂扬呢！我要的是事实上的伟大……”

“即使陛下的怒火使我粉身碎骨，这也不可能……”

“行啦，现在他们不会很快完事的，”谢莉低声说道，就扯着保姆的衣服，沿着陡峭的孔雀石楼梯奔下楼来。

保姆一瘸一拐地紧随其后，摇晃着她那苍老的脑袋：

“要出祸事了……要出祸事了……手臂和脑袋吵起来了……身子还能好受得了吗……”

“你在那儿唠叨什么哪？”

“祭司可得罪不得！神降怒下来可比惹恼皇上更可怕！”

## 四 阿季什尔纳—古安奇

谢莉走近黄金花园的金色高墙。墙壁上有一扇低矮的园门。谢莉从斗篷里取出青铜钥匙开锁，锁簧清脆地咔嗒一响，沉甸甸的门慢慢地开了。

“咱们进去吧！”

查长出了一口气，犹豫起来。

“好吧，既然你害怕，那就留在这儿吧。我一个人进去！”谢莉斩钉截铁地说道，一闪身溜进了那扇半开着的门。

老妇人弯下身子，唉声叹气地摇着头，也跟在谢莉的后面进去了。

在过道里，她的衣裙钩在锋利的黄金叶缘上，刮了个口子。

“不是好兆……不是好兆，”她唠叨个没完。

而谢莉早已站到一个高高的平台上，像被一幅神奇的魔画所迷，沉浸在眼前展现的奇绝景色之中了。

黄金花园逐级而下，每一级都是一个宽宽的平台。月光下，层层平台金碧辉煌：金树、金叶、金果和金质奇花异卉。这里所有的东西都是用黄金和白银模压而成。花朵上是展翅欲飞的彩蝶，鸟儿栖息枝头，金色的草丛中盘着黄颔蛇，处处可见巨大的蜥蜴和精巧的蜗牛。整片整片金银锻就的玉米地，巧夺天工。小径两旁撒满金沙，几头巨大的金狮在路边打盹。再大的风也无法吹动这神奇花园里的一枝一叶。

谢莉久久地凝视着这奇妙的景色……

甚至连查老太太也把违犯皇上禁令的事儿抛到了脑后，兴奋得直用鸡爪子一样手指拍打着双膝，激动地大声嚷道：“好一个外孙呀！”

“什么外孙？”谢莉莫名其妙地问。

“阿季什尔纳，他是我的外孙……”

“这我怎么不知道呀！……你干吗从来也没跟我提起过这件事？”

“我们都是下贱人，谁关心我们有什么亲属呢？可那也不能不夸夸呀。因为他的这手好本事是神赐予他的呀！……不是任谁都能干哪，就是祭司也不见得能干得了这种活儿……可惜到死他还得是个奴隶，又有什么办法呢？……有的人生来就注定当皇帝，可有的人生来呢——注定要做奴隶……各有各的命啊……”

“我怎么不知道？”谢莉若有所思地又说了一遍。“是啊……有人生来当皇帝，有人生来做奴隶。不过，到底是神还是人造成了这种区别？……”

查双手直摇。

没等她应声，谢莉就急忙接着说道：

“听我说，查，你不是很爱我吗？……嗯，当然喽！这我知道。别老吻我的斗篷衣襟啦。你就这么听我说吧，查，你坐下，坐在这金狮子上。你别怕，它睡不醒的，也不会来碰你。你就稳稳当当坐着吧，等着我回来，我马上就回来……我要一个人……”

不等查开口，谢莉早已沿着金色小道跑了。

在第二层平台上见到的人都是身着短装的奴隶，他们之中有些只在下身裹着一块布片。他们正在喷泉四周忙碌着。

在一群弯腰干活的奴隶旁边，站着一个身材匀称的青年，他身上穿着黑短衫，腰里系着宽皮带。他的袖子挽到胳膊肘上，敞着怀。浓密的卷发上系了一条细带

子。这个小伙子尽管衣着简陋，可漂亮得就像个年轻的神。

他就是奴隶阿季什尔纳—古安奇，一个天才的艺术家、雕塑家和珠宝匠。

谢莉跑到他的身后，不好意思地停下了脚步。

奴隶们停下手里的活，纷纷抬起头来。阿季什尔纳转过身来，惊奇得愣住了……

“是你?!”

“我来看看这儿的工程，”她说，“你在这儿干些什么呀？……”

为了掩饰自己的难为情和欣喜，艺术家起劲地讲起来：

“那就请看吧。喷泉的水柱是用钻石做的，我们马上就叫它流起来!”

他弯腰朝着地下的井口，用柏柏尔语喊道：

“什兰，把灯点着!”

喷泉被地下射出的灯光照得通明。灯光像五颜六色的霓虹一样变幻不停，掠过喷泉的钻石水柱，造成了泉水喷涌的幻象。

谢莉像个小孩似的惊讶不已。

“你真是个魔术师，”她微笑着说，同时整了整自己胸前的一朵红玫瑰，“这儿还有什么好玩的，指给我看看吧。”

“那边有个池塘……”

“走吧!”她用命令的口吻说道。

谢莉和阿季什尔纳离开了那些奴隶，来到了僻静的池塘边。

“池塘里的水是用水晶制造的!”阿季什尔纳弯下腰，拧了一下藏在地下的秘密开关，池塘里立即漾起一片浅蓝色的光彩。

他又拧了一下开关，水晶深处的金鱼摆动着鳍尾，悠然自得地游动起来。

“魔法家，魔法家!”谢莉又像孩子般赞叹着拍起手来。

“这里没有什么魔法。”艺术家那黝黑的双颊泛起了得意的红晕。“不过是利用了机械原理而已！所有这些鸟儿，”他用手一摆，指着停在树梢上的鸟儿，“都能振翅歌唱。你想看看吗?”

“不，不必了……”谢莉说着，沉吟起来，“告诉我，阿季什尔纳，你怎么会想到要建造这样一个神奇的花园呢?”

“我怎么会想到要建造这样的一个花园?”艺术家低着头，自言自语道。

他在思考着什么，仿佛有些犹豫。接着，他毅然抬起头来，目光直视谢莉的双眼。

“就是因为……这个花园对我来说——是个象征。”

“它究竟象征着什么呢?”谢莉问，在艺术家的双目凝视之下，她有些羞涩，但并未垂下自己的眼睛。

“你看一看这座花园吧!”艺术家鼓足勇气说道，“你在花园里能看到果实累累，却无法品尝它们的滋味。你能看见奇花异卉，却无法采摘。要是你想去采摘，它们就会刺痛你的双手。这里的一切都使人眼花缭乱、心醉神迷，但全是可望而不可即……生活——同样也是黄金花园……”艺术家叹了一口气，低下了头，默然无语了。

谢莉也不吭声。

后来，她又往他跟前凑了凑，十分激动地小声问道:“你……你想得到世界上所有的花朵?”

“只想一朵!”艺术家叫道，又抬起了他热辣辣的眼睛。

“究竟是哪一朵呢?”谢莉问。

“这朵花就是你!”小伙子热切地叫道。

“可你忘了，生长着这朵花的花园，对你来说是个禁区呢，”谢莉狡黠地笑着反驳道，转过身来向等着她的查那边跑去。

## 五　星光下

繁星点点的苍穹，就像亚特兰蒂斯的顶盖。

在波赛冬尼斯神殿近旁巨大的金字塔的塔顶上，祭司埃利扎伊尔，一个天文学家和星相家，正在观察着天体的运行情况。

在黑白两色正方形大理石板砌成的宽大平台上，架设着青铜制造的各种天文仪器。

天文学家在青铜片上记录下他所观察到的一切情况。他用一支不怕酸液腐蚀的笔，在一个形如大张着的狮子口似的玻璃器皿中蘸一点酸液，在青铜片上写下和亚述[1]语的楔形文字相仿的字。酸液就在青铜片蚀刻出永久的暗黑色字迹。一盏灯芯浸在油中的海豚造型的陶土小油灯，把微弱的亮光照在打磨得亮晶晶的报表[2]上。

祭司专心致志地埋头工作，甚至连平台入口处响起敲闸门的声音也没有听见。

又是一阵敲门声。

“是谁？”

“以太阳的名义！”

祭司把入口的升降闸门升起，5 位祭司鱼贯而入，有孔季纳沙尔——建筑师和数学家，阿努古安——历史学家、法学家和外交家，扎努齐拉姆——化学家和冶炼

---

① 曾存在于今伊拉克境内的古国，公元前 605 年为米太王国和巴比伦王国所灭。——译注

② 详列情况和统计数字的调查表。——译注

家，阿古沙特查——医生，还有努基—埃斯特查克——哲学家和祭祀用具的监管人。

“埃利扎伊尔，观察进行得怎样？”孔季纳沙尔问道。埃利扎伊尔双手一摊。

“要不就是我的脑袋出了毛病，要不就是天上发生了异变。运动着的行星全部偏离了它们的轨道，甚至所有静止不动的星球也离开了它们永恒的位置，向右移动了少许……你自己来看看吧……”

孔季纳沙尔走到天文仪器旁边，仔细检查之后，做了弧度测量，接着核对了一下报表上的数字，然后耸了耸肩。“是啊，真是令人费解的现象……”

“我得把这种怪异情况通知阿茨罗—沙努——最高机密监护人。如果他也解释不清的话，那就只有神才知道天上出了什么漏子！”

“你查过早年间的表报吗？”历史学家阿努古安问。

“我已经查过4 500年，没有发现有任何类似的记录。”

“你们听我说……”扎努齐拉姆开口道，“你们这些星相家和数学家只对天上感兴趣，而我们想知道的却是这里，在地上会发生什么事。努基—埃斯特查克，请你去看一看，那升降闸门关好没有？”

“叫谁来着？……努基心不在焉地问道。

这位哲学家根本没有听清楚问话。他的心思不知跑到什么地方去了。

扎努齐拉姆瞅了他一眼，无可奈何地挥了一下手，自己走到门边，把闸门提起，确信下面没人偷听后，这才把门紧紧地关上，压低嗓门说道：

"咱们都是自己人……阿古沙特查，说说你今天在宫里都听到些什么消息?"

阿古沙特查东张西望了一番，好像对这个僻静之处还不大放心，也同样压低了嗓门悄悄说道：

"是坏消息……皇帝说他头部筋肉[①]痛，我去过他那儿……没什么大毛病。"

"没什么大毛病吗？是呀，这可是个坏消息!"扎努齐拉姆酸溜溜地说道。

"还有更坏的呢，"阿古沙特查继续说，"离开皇帝的寝宫往回走时，我碰上了宫里的速记文书，他瞅机会偷偷告诉我说，古安—阿塔古耶拉干把咱们的岁入减少了一半，还要改组上院，情况要对我们大大不利。"

"这早就该料到了……"

"绝不能这样下去!"

"上院的7个席位，我们这儿就占了5个。伟大的阿茨罗—沙努——最高机密的监护人，活了好几个世纪

① 无论是在亚特兰蒂斯人的青铜表报上，还是在其他亚述楔形文字文献记载中，在涉及到疾病问题时都曾提及"头部筋肉"，但我们无法准确理解其含义。——拉里逊注

了，他才不把我们操心的事放在心上呢。而什申—伊特茨呢，自从皇帝迷上了他的女儿娶其为妃，跟他结成了‘亲家’之后，他就在皇帝面前拍马溜须。这样一来，能保护祭司伟大等级利益的，就只剩下我们几个啦。我们是亚特兰蒂斯的精英，我们是它的真正力量之所在。因为我们掌握着几万年来积累起来的知识。”

“我们就此拒不建设，拒不行医，拒不打造青铜武器和建造船只。这样一来，皇帝马上就会知道跟我们祭司作对的后果是什么了!”

“怎么，刀剑想丢掉利刃，太阳想停止发热吗?”建筑师孔季纳沙尔微笑着说，“刀剑不快人家不能扔掉吗？太阳熄灭，人家不会燃起篝火来吗？阿古沙特查，你太异想天开了，这可是条铤而走险的道路呀！……若是离了我们人家照样过得下去，你又有什么办法呢？瞧瞧那个出足风头的奴隶阿季什尔纳—古安奇，他不仅不像我们的等级的人那样掌握了几万年积累的知识，而且还是在烂泥里长起来的，可是他搞起什么东西来有如神助。别看他过去是奴隶今后还是奴隶，可我呢，伟大的孔季纳沙尔，却不得不嫉妒这小子！对啦，就是嫉妒！在诸位面前我不隐瞒这一点。外国人来的时候，是什么使他们最为震惊呢？不是我的灯塔，而是他的太阳神，我们自己和我们所有的神殿和金字塔现在都在他的太阳神的手掌心里。‘是谁创造的这个奇迹？’外国佬总要这样问。是奴隶，不是我！……这口气怎么能咽得下去？可是，就在这些牲口之中，像阿季什尔纳—古安奇这样的还不少呢。我们使他们处在半饥半饱之中，并以此来维护我们的合法权利。要是他们的潜力得以释放出来，会怎么样呢？……你的那个计划，阿古沙特查，不但无益，反而有害……”

“那我们该怎么办？”

“应该把不利于我们的皇帝搞掉。”——祭司们都有这个想法，只不过没有一个人敢头一个把它说出口而已。

于是他们便互相等待，静坐不语。

“你是哲学家，努基—埃斯特查克，”专司建筑的祭司打破了沉默，“你给我们说说，假如石头挡住你的去路，你会怎么办？”

“解决这个问题用不着哲学家，”努基直截了当答道，“这个问题就连一个奴隶的那点儿智力也能解决，抬脚把石头踢一边儿去……”

祭司们互相对视了一下，声气相通了。

“对呀，不过，该怎么办呢？……”建筑师若有所思地开了腔。

“就这样呗，”哲学家把凉鞋在光滑的大理石板上蹭了一下，郑重其事地做了个示范动作。

祭司们都笑了起来。

“如果这个问题真这么简单就好了！”建筑师道。

“那个什么……头部筋肉，”天文学家问阿古沙特查道，“用什么药才能治好呢？”

“取新月黎明时分上山所采草药十二味，浸汁服下。”

“还有没有更烈性点儿的？对啦，就是要更烈性点儿！叫那个什么头部筋肉一下子就……”

“当然有。不过，也许得你亲自把这‘更烈性’的饮料送给皇帝吧，埃利扎伊尔！第一口他会叫奴隶喝，第二口——就要轮到我喝了，然后他自己才喝呢。”

“如此不信任我们祭司！……”

“别再兜圈子了，”孔季纳沙尔说，“我们必须置古安—阿塔古耶拉干于死地！……”

“历史上有过这样的先例，”历史学家阿努古安立即应声说道，“8 227年前，阿布纳尔察拉干皇帝被祭司们所杀；5 016年前‘为了维护伟大亚特兰蒂斯的利益’也曾发生同类弑君事件。我们秘密档案馆的编年史就是如此记载的：‘以维护伟大亚特兰蒂斯的利益’。”

“不过，作为祭司，”孔季纳沙尔说道，“不该直接下手，应当搞它一起宫廷政变，这件事可假手皇帝的胞弟克列特楚—阿什纳查克进行。亚速尔[1]的一个小小的

---

① 亚速尔与亚特兰蒂斯一起沉入大西洋底。只有它的一些山峰露出洋面，形成现今的亚速尔群岛。——拉里逊注

王爵，岂不做梦都想当世界的主宰者。就说他本是被不公正地剥夺了王位的合法继承人，让他对此信以为真并不难。也用不着弄什么证据。就用召唤亡灵的通幽术和星占术就足够了——这可是你的分内事了，埃利扎伊尔。我们拥戴他登上皇位，他就会乖乖地成为我们手中的武器。我们就利用他来参加太阳节的机会，把我们的计划告诉他。”

“这个计划比别的都好，”胖老头子阿努古安半眯缝着两眼说道，“不过此事还有一重障碍，克列特楚—阿什纳查克生就一副绵羊心肠。他软弱无能，犹豫不决，胆小怕事，我们未必能说动他这么干……别无良策，先试试看吧！倘若此计不成，我锦囊中另有妙计……我得到密报说，奴隶中……”

有人在升降闸上重重地叩了3下。

祭司们互使个眼神，迅速散到四外，各自装出一副精研天文、深究星相的模样。

“敲了3下……是皇帝……”埃利扎伊尔压低嗓门说了一声就去开启闸门。两个全副武装的金发卫士和祭司什申—伊特茨簇拥着皇帝走了进来。

皇帝满腹狐疑地看了看祭司们。

“似乎是上院全体成员都聚到这儿来跟星星打交道了？”皇帝讥刺地冷笑着说道。

“伟大的皇帝啊，太阳一升起，星光便暗淡！”埃利扎伊尔赶忙按宫廷礼仪用宛如唱歌一样抑扬顿挫的语调说道。

“离天亮还早着呢!”皇帝对埃利扎伊尔的谀词冷冷地回了一句，“给我占卜一下明天的星相。我想知道，明天的庆典是否顺利，我所有的属国都要来参加呢。”

“最最最伟大的君主，星相早已占卜过了。星相都对陛下大吉大利。陛下容奏：‘小人埃利扎伊尔，波赛冬尼斯城首席天文学家谨向吾皇呈报。恭祝吾皇四海升平。愿神赐福吾皇。本月 6 日吾等始观星相，所见为……”

皇帝一边听，一边皱起眉头，斜着眼睛审视着在场的每一个人。

祭司们脸上的表情都是高深莫测……

## 六　太阳节

黑夜将尽。空气变得清爽起来。星星暗淡下去。破晓前的微风阵阵吹来。宽阔的大广场东边的悬崖峭壁下就是大洋，广场上点着火把，神庙的执事在火光下急急忙忙地把祭坛的布置收了尾。奴隶们拆除梯子、绳索和脚手架，装饰工作也结束了。终于，庆典一切准备就绪。

一年一度的盛大太阳节来到了。

为了迎接这一节日，波赛冬尼斯城一连忙碌了好几个月。这不单是一个宗教节日，更是一次示威，亚特兰蒂斯要以此来向所有参加庆典的属国君主和统治者们显示宗主国的富足强盛。

从群峰中的圣山起，有一条曲曲折折的山道，一路火光通明，沿途蜿蜒而下，活像一条发光的长长蟒蛇。透过黑夜的寂静，传来长笛尖厉的声音、青铜车轮的辘辘声、巨象粗重的喘息声。队伍的前锋已经来到了广场上，他们手持的火把照亮了广场的各个角落，火光闪烁的队尾还远在圣山。

走在最前面的是披挂着寒光夺目青铜兵器的军人队伍，紧接其后的是穿着被金银珠宝饰物弄得沉甸甸的华丽衣衫的祭司。4 个神庙执事抬着一顶黑色肩舆走了过来，肩舆四周装饰着几轮金日，里面坐的是最高机密的监护人——伟大的最高祭司阿茨罗，他一年之中只有逢太阳节才离开他那座位于波赛冬尼斯神殿旁连许多祭司都不得入内的宫殿，到世上来露一面。他被认为是地球上最年老的人，有的人确信他已有 200 岁，有的人相信更多。人们都相信他能长生不老。

他的脸萎缩枯干，满是皱纹，活像木乃伊，浓密的白须长及膝头。在这张毫无生气、有如羊皮纸一般干瘪的脸上，偏偏有一双又大又精神的眼珠，亮得像炭火一般灼灼逼人，令观者不寒而栗。

人群不由自主地潮水般退后，许多奴隶屈膝跪倒在地。

大祭司被小心翼翼地扶上主祭坛前的高高座位上坐下。在广场突出部位，其他祭司在围成半月形的一排祭坛旁自己的位置上也一一就座。在半月的正中央，是亚特兰蒂斯皇帝更为高大的宝座，宝座下是 72 级从下到上逐级缩小的大理石台阶。

宝座的靠背上镶有两条盘绞在一起的青铜蟒蛇，托着一轮青铜太阳。在这个宝座的周围，放着亚特兰蒂斯 72 个主要属国君主的座位。

当各国君主在他们的宫廷卫队簇拥下入场时，简直就像一场各人种的肤色、服装、兵器和饰物展示会：从黑如胶木的努比亚人到白如象牙的北高卢人，应有尽有；形形色色的服装、长长短短的兵器和奇奇怪怪的饰物，更是令人目不暇接。

全体人员各就各位后，所有的火炬突然熄灭。夜色犹如一袭黑色纱幛自天而降。笼住这个由五光十色的不同种族形成的人类蚁蛭。

只有高空星光点点，隐约可见。

巨大的青铜号角猛然发出尖厉号声，刹那间又戛然而止，万籁俱寂。倘若没有马匹和大象打几声响鼻，青

铜兵器偶尔相碰，不时打破沉寂的话，真会让人以为偌大广场空旷无物呢……

在这令人不寒而栗的可怕寂静之中，蓦然响起了一个祭司的歌声。他的调门忽而高亢尖厉，忽而哀婉凄绝；歌声续断出人意料，咏叹停歇难知其时。他唱出对隐藏着未卜之灾的黑暗的恐怖，唱出对死亡的畏惧，唱出心灵对失落太阳的忧虑……

童声合唱响起来了，宛如是对这一哀嚎的呼应。合唱声单调沮丧，祭司忽高忽低的凄厉哭腔把细声细气的童声压住了……

突然，好像从地底传来低沉的男声合唱，这歌声不知不觉汇入童声合唱之中，听起来有如波涛汹涌。

最后，成千只巨型的青铜号角声轰然大作，震撼着海边悬崖峭壁——又是一次戛然而止……

倏忽其来的沉寂，比隆隆雷鸣更慑人心魄……

所有在场的人神经都紧张到了极点。人群里好多人用双手捶胸，好像憋得喘不上气来。有的摔倒在地，有的揪扯着自己的头发……

然而这仪式是高手安排的。就在这最后异常紧张的关头，就在这寂静仿佛崩塌的悬崖即将把人窒息而死之际，传来了大祭司那朴实安详、亲切感人的长者声音。他没有讴歌咏叹，而是像通常的谈话那样，用充满温情和期盼的口气祈祷。

“太阳神啊，请听我们的祈祷吧，请你赐予受苦受难的人以仁慈的阳光……”

人群中向着看不见的祭司那边伸出了一双双手臂……

“你是我们唯一的保护人……”

“救星……”

“就在那万能的众神面前，你仍然是庇护人……”从人群里传来了极力克制着号啕痛哭的呼叫声。

大祭司微弱的声调变得愈来愈有力了。他已经不是在祈祷，而是对神下令了：

“用仁慈的阳光照耀你的子民吧，最最最神圣的神；用你的温暖被子覆盖你的大地，让它长出人所需的果实。把你神采飞扬的面容现出来吧！……”

祭司一边念着祷文，一边看着沙漏时计。时计就在祭坛上，但用祭器遮挡着掩人耳目。

东方红了。祭司的黑色身影在那玫瑰红色的天幕映衬之下，可以看得一清二楚了。忽然间，祭司伸出手执的权杖，大声威严地叫道：

“出来！……出来！……出来！……”

接着，真像是听从他的意愿一样，地平线上迸射出万道金光，一轮红日露头了，太阳闪耀着光芒升出来了，到了大洋之上，立刻把光线洒遍整个广场，照得士兵们的青铜盔甲兵器如同腾起火焰；照得国王和祭司们身上的锦缎珠宝璀璨闪亮，地上被反光耀得五颜六色。连那些缠满玫瑰的旗杆、绿叶鲜花扎成的拱门、鲜明艳丽的彩旗、花花绿绿的地毯也好像是突然从地下冒出来的一样……

整个目力所及的洋面上，布满了数不胜数的亚特兰蒂斯舰队披着节日盛装的五桅战船……

“是啊，亚特兰蒂斯的皇帝果然强大，没法跟他一较高低，”看着那大洋上密密麻麻的船舰，来宾们不由暗自咋舌不已。

军士们用青铜剑击打着盾牌，迎接太阳的欢呼声响彻大洋……

千人合唱团唱起了太阳颂——赞美最最最圣明之神，生命、光明、力量和欢乐的赐予者。

宗教仪式通常在祭献公牛和牛犊后结束。酒和油不断洒向熊熊燃烧的祭火。在旭日光芒照耀下，圆柱形的青铜香炉泛出玫瑰般的红色，从里面升起了燃烧香草和松脂的团团烟雾。听到号角发出的信号声后，人群涌动起来，准备向举行阅兵式的战神广场前进。

第二次号角响过，人群出发了。队伍像一条长长的带子，沿着亚特兰蒂斯引以为荣的漂亮大道逶迤前进。

沿途，遍地撒满鲜花翠枝。

队伍的最前端，缀满鲜红玫瑰花朵的黄金竿头挑着一轮太阳，闪闪发光。

在大道的拐弯处，皇帝马车前突然人影一闪，出现了一个老头儿。

他身上穿着一件破烂不堪的羊羔皮袄。乱蓬蓬的花白长发长须垂及腰际。他那晒得青铜色的脸上，一双睿智的大眼睛炯炯发光。

老人威严地伸出双手，拦住皇帝马车的去路。

卫队立刻向老头儿扑了上去，然而皇帝一摆手，卫士们又退到一旁。

皇帝既害怕又尊敬这位纳—善老头，他是个先知和预言家。

“用得着再惩治你们吗，”老头儿恶狠狠地威吓道，“你们这些一直无法无天的家伙？……头在痛，心在疼……从头到脚体无完肤……溃疡、青斑、腐烂的伤口既不排脓，也不包扎，又不抹上油膏……”

他的声音变成了歇斯底里的狂叫：

“你们的土地将要寸草不生！你们的城市将被火焚毁，人去城空；整个大地化为荒漠。生长着成千上万葡萄藤的园林将荆棘丛生，皇宫内院杂草遍地……鸱枭恶魔在废墟中大呼小叫……天神震怒，毁灭之火要将你们吞噬……惨哪，惨哪，惨哪！……

人群在虔诚的恐惧中鸦雀无声。皇帝听得惴惴不安，为了保持尊严，拼命装出一副镇定自若的样子。

“难道是触怒了众神？”皇帝想道，“他们要降灾于我？我什么地方得罪了天神呢？”

突然，他的视线与祭司孔季纳沙尔紧盯着他的目光相遇了。皇帝觉得祭司的眼神充满责难威胁之意。

俩人的目光就像两把利剑一样交上锋了……

## 七　阿克萨—古阿姆—伊特茨与阿塔

紧贴着峭壁的斜坡，有一间小小的平顶茅草土屋。一个小方窗洞，连个窗框也没有；两扇用青铜钉钉着一层皮子的薄薄门板大敞四开。

一个老太婆正坐在房子的阴影里纺线。一绺绺花白的乱发不时散落到她那长满又深又长皱纹的脸上。她不断伸出一只皮包骨头的手，撩开一绺遮住她眼睛的白发。她鼻子长得出奇，几乎就要和向上翘起的尖下巴碰到一起了。

在她面前的地上，坐着一个长得挺好看的瘦小女孩。她一边用一双脏巴巴的小手玩着几颗小石子，一边用眼睛直盯着老太婆的脸。

“哎，讲下去呀，奶奶！”

“好，讲下去。对啦……我说到哪儿来着？”老太婆一边接上断线，一边口齿不清地说道。

“讲到黄金时代了。奶奶，你怎么又忘啦？”

“对，对，……讲到黄金时代了……听着，我要讲了。那是老早老早的以前了……”

“当时什么都是金的吗？面包也是金的吗？还有石子和苹果都是金的吗？”

“那个时代是金的……所有的人活得都像天上的神一样幸福。当时既没有皇上也没有奴隶，既没有穷人也没有富人。太阳神就像宠爱娇惯自己的头生儿一样，给人们温暖慈蔼。人们用翠绿的枝叶围在腰间当腰带，还用它编成花冠戴在头上，就那么自由自在、乐乐呵呵地在花园里逛来逛去。那花园里一年到头什么时候都结着甜甜的果子。还有清亮泉水让人解渴。人们在百花丛中出世，一辈子享福到老，当他们老得不能再老，就有一大群儿子、孙子，还有曾孙，围在他身边，伺候他撒手西归。死对于他们就像太阳下山那么简单、轻松和平静……”

“后来呢？”

“后来人就造起孽来，于是神就生他们的气了。”

“他们造了什么孽？”

“他们想和神平起平坐，也想无所不知。”

“这样神就把他们的黄金时代夺走了？”

传来一阵脚步声。

朝茅屋走来的是阿克萨—古阿姆—伊特茨——祭司什申—伊特茨的儿子，他穿着一件金花滚边的黑绸子短袖外衣，脚下穿着一双淡黄色凉鞋。他伸出双手抱起小姑娘，小姑娘咯咯笑想挣脱。

“您好哇，婆婆！”阿克萨—古阿姆说着，把小姑娘放到地上，“阿塔在家吗？”

“还干着活呢。不过马上就该回来了。”

“今天还干活吗？”

“节日可没我们的份……”

“古阿姆夫老爹在家吗？”

“在屋里呢。”

阿克萨走进房子。里边只有一个用石灰粉刷得雪白的房间，一幅绣着小碎花的家织亚麻布帘，把房间隔成两进。一张粗笨的木头方桌、几个板凳，还有一个摆着几件陶器的小橱就是全部家当。屋子一角摆着一盘磨面用的石磨：一个安在石块上的带把手的石头圆柱。磨的旁边放着一个高高的石臼和一条木杵，这是用来榨油的。房间的另一角，有一块大理石的台座，上面摆着一尊不大的太阳神雕像，这件非常精致的雕塑，还是阿季什尔纳—古安奇孩提时代的作品。

秃顶白须的古阿姆夫老爹正坐在窗户旁的一条板凳上编着捕鸟儿用的套儿。见阿克萨—古阿姆走进来，便马上站起来，伸手欢迎客人。

“坐着吧，坐着吧，古阿姆夫老爹，节日好！怎么没去迎接太阳神呢？”

“我可不敢去！在那儿非把我这个糟老头子给踩死不可。我在潮湿的矿井里糟践了60年的身板儿——那可不是闹着玩的。太阳吗，我就规规矩矩在这儿迎接它吧。光荣属于太阳，它总算没有厌弃我们，也把阳光送给了我们这些可怜的奴隶们……”

“阿季什尔纳—古安奇在哪儿呢？”

“一直在忙活他的黄金花园呢。”

“听说，他搞出不少惊人的东西。”

“他搞那东西对他又有什么用？只有一点好处，不会挨皮鞭子。瞧瞧我后背上七尾鞭留下的疤痕有多少！他也要变老的，到头来还不是得跟我一样，靠着套鸟儿糊口。”

“听我说，古阿姆夫，你想没想过换个样儿活着？”

“还有什么好办法不成？”

“你再怎么忍，恐怕也有个忍不下去的时候，你们有几百万人……”

“你说到哪儿去了！造反吗？我们试过，造过反。但搞出什么名堂来了？我们只有镐头铲子，他们却有刀剑和飞快的长矛……”

“假如……”

古阿姆夫突然冒起火来：

“假如……假如……别说了！别再揭老伤疤了！反正罪也受惯了，慢慢熬着吧……”

阿克萨—古阿姆低下了头，沉思半晌。

“好吧，我走了。”他站起身来说道，“我也许能在半路上迎见阿塔……再见，老爷子！”

“愿圣明的神保佑你！”

阿克萨—古阿姆还没出屋就听到院子里有人说话。他停下脚步，从窗洞里往外张望了一下，只见两个穿着神庙执事服饰的人进了院子。阿克萨—古阿姆可不想让他们看到自己在这里。

“接生婆查莉娜是住在这儿吗？”他俩站在院里问。

“住在这儿，”查莉娜答道，吓得手里的纺锤都掉在地上了，“我就是查莉娜。”

“以太阳名义，命令你在今天太阳落山之后，到神庙大门前去。我们会在那儿等你，带你进去。”

“遵命……”查莉娜深深地鞠了个躬，“小的斗胆问一句，是接生吗？”

“到那儿就知道了！”

神庙执事走了。

阿克萨—古阿姆从屋里出来，沿着被阳光照得闪闪发亮的白色小径走去。灼人的酷热，椰枣和梧桐的树阴多少减少了一些灼人的酷热。

右边山坡上有许多矿坑，人们正在那儿采矿。

左边，一直到目力所及的大洋岸边，有好多奴隶居住的村落。东倒西歪的寒酸土屋挤在一起，就像是一群群受了惊的牲口。

许多光着身子露出黝黑皮肤的小孩在一个个小小院落里的烂泥中嬉戏。

矿上的活就是节日也不能停。

阿克萨—古阿姆下到了一口矿井里。

他身上穿的胸前绣着一轮金太阳的黑色祭司服，就是他的通行证。

一个监工低头举手，向他行礼。

阿克萨—古阿姆随随便便地点了点头，便走进迷宫似的矿井深处。矿井的拱顶用粗木头斜撑着。隔不远就有一盏小油灯闪烁着昏暗的火头儿。坑道里又闷又热。

矿井里的油灯不止一次引发过瓦斯爆炸，塌方事故也经常发生。奴隶们成百成百地送命，但没人拿这当回事，反正奴隶有的是。如果是富矿脉，就继续在塌方的地方挖下去。被活埋的奴隶还能再见天日。但是，如果矿层较薄，或者处理塌方修复矿井需要花很多时间的话，矿井和被封在里面的奴隶就统统被弃置不顾了。

阿克萨—古阿姆越往里走，坑道就越矮。他只能弯下腰往前走了。

他迎面碰上的奴隶都是四肢着地，背上驮着装满矿石的青铜盆匍匐前行。

阿克萨—古阿姆对其中的一些人点头示意并且小声

说道：

“夜里收工以后……在老矿井……”

坑道变得更狭窄了。

在这里采掘工得侧身躺在地上用青铜鹤嘴锄在矿层上一下一下地刨。

阿克萨—古阿姆弯着腰爬到一个采掘工旁边，跟他悄悄说道：

“告诉自己人……今天下夜班后在老矿井……”

“好，”采掘工答应道，用手抹了一把满脸流淌、刺激得眼睛生疼的汗水。

阿克萨—古阿姆走出矿坑，用足劲儿喘了一口气。

再往前是一块块平地，矿石在这儿得烧几个月。四周的矿石堆得像一座座金字塔，不停地往外冒着浓烟。矿石堆下，奴隶们日日夜夜地生着火，从不熄灭。

阿克萨—古阿姆把刚才的话又对他们说了几遍，就继续往前走了。

太阳益发灼热逼人。道路笔直地穿入冒着浓烟的金字塔形矿堆群中。这里使人喘不过气来。尽管阿克萨—古阿姆已经精疲力尽，但他还是拼命加快了步伐。

走过了矿石焙烧场，就是矿石粉碎场，被粉碎的矿石在这里还要用青铜筛子筛过。

再往前走是一堵堵石头围墙，上边浓烟滚滚。熔炉

就在这里。

旁边是更高大的墙，墙里简直就是座城镇。在这里纯铜矿和纯锡矿被熔炼成青铜。青铜武器也是在这里制造。此地除祭司监工外，任何人不得入内。奴隶们都住墙里的工场附近，墙上有警卫守卫，奴隶也不能到墙外一步。

阿塔在熔炉旁干活，把矿渣用狭长的背筐运走。

阿克萨—古阿姆在大门口停下脚步。一连串运送矿石的车子鱼贯而入，出去的是一辆辆空车。奴隶们啪啪地抽打着驴子，他们自己则挨监工的抽打。路上车水马龙，背负重驮的驴、马、骆驼和大象川流不息。皮鞭的噼啪声、牲畜的吼叫声和奴隶短促的喊叫声吵成一片。

妇女们用筐子背着孩子。

墙外响起了青铜号角声，奴隶们走出大门。

阿克萨—古阿姆往矿渣堆那边站了站。

“阿塔！……”

女奴隶中有一个转过身来。

她乌黑狭长的眼睛里射出喜悦的光彩。

阿克萨—古阿姆转身离开大路，向山坡上的小路走去。阿塔，阿季什尔纳—古安奇的妹妹，跟了过来，但和他保持着一定的距离。

她身后的一群奴隶中有人甩开了闲话：

“跑吧，快追他去呀！他会娶你做老婆的——你可以住进宫殿去啦!”

“他的大小老婆还少吗！又追起女奴来了，呸!”一个皮肤黝黑的奴隶怒气冲冲地说道，冲着这对渐渐走远的情人背后威吓地挥挥拳头。

阿塔在小道的拐弯处赶上了阿克萨—古阿姆，这地方已经远离大路，没人看得见他们了。'

阿克萨—古阿姆向阿塔伸出双手。

“别握我的手，我的手干活弄得脏死了……我马上到小溪里去洗一洗。”她说着脸上泛起了一阵羞涩的红晕。阿克萨—古阿姆抱住她的双肩，吻了吻她的额头。

“你怎么不去瞧瞧节日典礼呢?”阿塔拍打着山泉里的水问道。

被阳光照得金光灿烂的水花，溅到她那黝黑的皮肤上。她情不自禁地伸出双手去接着那涓涓而下的水晶般的清水。

阿克萨—古阿姆看着她出了神。

她长得和阿季什尔纳—古安奇一样清秀俊美，也穿着一件黑色短衫，腰间系着一条皮带，看起来倒像是阿季什尔纳—古安奇的弟弟。只有在脑后盘成发髻的沉甸甸辫子——这样使她亚特兰蒂斯人的狭长头骨显得更长——和姑娘的乳胸才说明她不是个男孩。洗完手之后，她摘了一朵野蔷薇插在自己的头发上。

“现在好啦……”说完，她主动向阿克萨—古阿姆伸过去一只手。

阿克萨—古阿姆热情地握住了她的手，两人便手拉手向浓密的月桂树丛深处走去，山泉就是在那儿从峭壁上的一道裂缝垂落下来。

他俩坐下来。

空气中弥漫着一股浓郁的艾蒿味儿。不知打哪儿又飘来橙树花朵的袭人香气。

下边的大道上传来阵阵嘈杂的喧哗声。

正午骄阳下，远处的洋面水波粼粼。

战神广场就在他俩高高的上面。

青铜号角雷鸣般的响声和人群的喧哗声不时从上边传下来。

然而丛林深处却很平静。空气里只听见一片蝉声齐鸣……单调的蝉鸣声与寂静融为一体。这是一种喧而不闹的宁静。

“你干嘛不去观礼呀?”阿塔狡狯地笑着又问了一遍。她手里拿着一枝从月桂树上折下的树枝，慢慢悠悠地一片一片揪着枝上的叶子。

“因为我在这里呀!”阿克萨还了她一个同样的微笑，回答道。

“万一有人发现你不在那儿呢?”

“管他呢！父亲发发火，事儿也就过去了。迎接太阳的典礼我参加了，这就足够了。这些事儿归根结底都无聊得很。不过是我们的军队用那些打磨得雪亮的青铜兵器弄得外宾眼花缭乱、目瞪口呆，马匹一会儿听着号角声直立、一会儿又跪下而已。当然喽，那场面倒是相当宏伟，可是我已经见过不知多少次了。世上还有比它更有意思的事呢！……”他温柔地笑着瞟了她一眼。

“后来呢?”阿塔问道，垂下了长长的眼睫毛，睫毛下的眼圈显出蓝色的眼影，“后来是什么?”

“然后就是军队操练。再后来就是在火炬照耀下举行进贡仪式。这还有点意思。穿着兽皮大衣的白种人据说是从寒冷的北极运来了活白熊和一头样子像鱼的怪兽，那东西长着圆圆的脑袋和特别有劲儿的鳍。听人说，它们生长在大地的尽头，那儿的水冷得发硬，就跟水晶一样。”

阿塔像个孩子一样好奇地睁大眼睛听着。

“这些动物现在在哪儿呢?”

“它们都给热死了……”

“可怜的野兽啊！哎，后来还有什么?”

“后来我们的皇帝就开始向来宾赏赐布匹、用香脂、香草和香花汁液精制的珍贵香料、美酒和黄金宝石——几乎我们国家盛产的东西都送遍了，只有青铜兵器除外……”

“那你姐姐也观礼去了吧？她现在不是当皇后吗?”

阿塔出其不意地问道。

阿克萨—古阿姆皱了皱眉头。

“不，她不是皇后，她只不过是后宫的一个妃子。我的父亲，什申—伊特茨，对这种‘荣耀’沾沾自喜……可我那可怜的姐姐……她哭得多惨哪！她恨皇帝……这一切我绝对无法容忍！”阿克萨—古阿姆挥了挥紧握的拳头，“咳，算了，不提这些。还是说说你自己吧……为什么会让你干这么重的活呀？这个问题我都问过你了几遍了。”

“你就别问了，反正问不问都一样！”

“不，这次你必须回答我！不然我就要像惩罚女奴那样来收拾你！”

于是，他夺过她手里的月桂枝，开玩笑地拍打着她的肩膀。

“快说！说！”

“好吧，既然你非逼着我说，那就听着吧。我在祭司孔季纳沙尔家干过活。有一天晚上我给他送冷饮去的时候，他对我说：

“‘阿塔，我喜欢你，我想把你收进后房。’”

“‘可我不喜欢你，孔季纳沙尔。我也不想当你的小老婆，’我回答说。”

“你真的这么说的?!”阿克萨—古阿姆拍着手赞叹道。

“就这么说的。”

“那他又怎么着啦?”

“他笑了笑，把这当成一个小丫头连想都没想就随口说出的回话，接着又说:

“别忘了，你是个女奴，而我是你的主人。你给我过来!’

“我站着一动没动。

“他起身冲我走过来。

“我一跳躲开了他，顺手抓起他床头上放着的一把短剑。他吓了一大跳，气坏了。

“‘毒蛇!’他扯着嗓子嚷了一句，接着就叫来了在门外伺候的一个奴隶。

“‘立刻给我把她撵到黑城去干苦役……’这就是事情的全部经过……”

“你的胆子可真大!”阿克萨赞叹道。“他当场就有可能用那把剑把你杀了。”

接着，他微微一笑，又补上几句:

“是呀，孔季纳沙尔真倒霉。你哥哥叫他妒忌得脸发青，而你又……不过，你听我说，阿塔!再这样下去不成。得想法把这一切都变个样。你知道我爱你，你对我来说不是个女奴。我父亲从来就不同意我们成亲，说这违反法律。但我们可以改变法律。我们要用青铜犁把整个亚特兰蒂斯犁它个翻天覆地!……”

“我知道自己永远也成不了你的妻子。这种念头我想都没想过。有了你的爱，我就已经心满意足了。”

“但我想要你成为我的妻子。还不仅如此。你的爱打开了我的眼界，使我看到了奴隶生活的可怕，还有我姐姐的不幸遭遇，这一切都说明皇帝独裁的狰狞恐怖。我看到奴隶的苦难就像大洋一样深重……他们被压抑的哀怨声始终响在我的耳畔，使我的生活黯然失色。我觉得，他们的每一声悲鸣都是你的心灵在哭泣。解放他们，就是解放你——也就是我的心愿……”

阿塔大大地睁着双眼看着他，眼睛里闪出惊恐的神色。

这时阿克萨—古阿姆已经不看着她了，他像呓语般地说道：

“我跟阿季什尔纳—古安奇说过，叫他参加奴隶起义的准备。可是他耽于幻想，作为一个艺术家，他过于沉醉在艺术之中了，不可能对这件事想得很多。可你准能看到他一定会跟我们站在一起。他的帮助是必不可少的。在奴隶们之中，这件事已经酝酿很久了……我将领导这场起义，我要亲自率领他们攻上圣山。我们要占领兵器库，跟皇帝的军队白刃相见。我们一定能战胜他们，因为真理在我们这边！”

就在这个时刻，一股不算太大的力量有如波浪般在地下涌动起来，摇撼着大地。

阿塔晃了一晃，脸色顿时煞白。

"这是怎么回事？……"

"我们要彻底摧毁一切！然后再建自由的新亚特兰蒂斯，这里将再也没有奴隶，也没有什么皇帝，有的只是自由劳动带来的欢乐。黄金世纪将重新到来！"

第二次，一次更厉害的震撼，使阿克萨—古阿姆从幻想回到了现实。树上的叶子在摇摆。悬崖紧边上的一块不大的石头摇晃了一下就掉到崖下，它撞在别的石头上发出的声音一路远去……

"不知为什么地动的次数越来越多了！"

阿克萨—古阿姆见阿塔吓得脸色刷白，便想说句笑话安慰她一下。

"你瞧，阿塔，连大地都为祭司和皇帝的罪过而动容！"

但是阿塔却没有笑。

她忧郁地看看阿克萨—古阿姆，悄声说道：

"别干这件事吧！"

"你害怕？"

"是为你……"

"你愿意和我们在一起吗，阿塔？"

"我死也跟着你……"

## 八　魔　圈

待在房间里的祭司有：孔季纳沙尔、扎努齐拉姆、阿努古安、阿古沙特查和努基—埃斯特查克。

“埃利扎伊尔也到了，”孔季纳沙尔说，“只剩下克列特楚—阿什纳查克没来。”

“他一向是这样拿不定主意。我们特意定下在中午碰头，是因为这个时候皇帝和他的整个王宫都在午睡。不过克列特楚—阿什纳查克一定会来看我给他编的占星图的，”埃利扎伊尔说道。

“他的星座当然是旺升的吧？”

“那还用说，跟古安—阿塔古耶拉干皇帝的星座衰落一样真实可靠。”

“能指挥星座还真是不赖呀！”孔季纳沙尔嘻嘻一笑道。

“别胡说八道，星座还能撒谎？”星相学家生气了。

“星座哪儿能撒谎！只有人才会撒谎！……不过我们别再斗嘴玩了。阿努古安，你调理好那老太婆了没有？”

“话说半句查莉娜就猜到怎么回事了，这老婆子可真滑！应当扔给她俩日轮①。让它们暖暖她那把老骨头。”

门打开了，亚特兰蒂斯皇帝的胞弟——亚速尔国王

① 亚特兰蒂斯的钱币一面的图案是一轮太阳，另一面是皇帝头像。所以亚特兰蒂斯人把金币称为“日轮”。——拉里逊注

克列特楚—阿什纳查克亲王在祭司什特查的陪同下走进房间。

祭司们站起身来，举手以示祝福和欢迎。

“愿陛下的光辉永远照耀我们！”孔季纳沙尔说道。

“你们好！喂，我的星座怎么样，埃利扎伊尔，还好吗？一切都顺吗？”

克列特楚—阿什纳查克双眼近视，当他凝神看东西时，得稍微仰着点儿脑袋。他那双干瘦的小手一刻不停地乱动，手指头忙个不停地揪扯着红色的胡子。只有当朝见皇帝之际，他才能克制自己这种不由自主的忙乱动作，免得有损皇家体面。

“光荣属于太阳！伟大的皇帝，你的星位图好极了！星座都对你有利，请允许我读给陛下听听吧！”

埃利扎伊尔接下去就唱诵起来：

“谨向伟大光荣、强大无敌的亚速尔王……”

“不必，不必……”克列特楚—阿什纳查克摇晃着那双干枯的小手说，“主要的，对……讲主要的……就用你自己的话讲……对……”

“伟大的皇上，你的星座扶摇直上，比任何星座都明亮，甚至截断了亚特兰蒂斯最最最伟大皇帝古安—阿塔吉耶拉干的星座去程，他的星座在亚速尔王星座的光辉下黯然失色。”

克列特楚—阿什纳查克非常激动兴奋，然而又很害怕。

“这是什么意思？这是什么意思？”他眯起近视眼凝神观察周围各个祭司的表情，起劲地揪着红胡子问道。

“伟大的皇上！”祭司阿努古安开言道，“为了回答陛下这个问题，我研究了自陛下降生之日起的国家档案中的全部青铜表报。于是我得知，亚特兰蒂斯的合法皇帝应该是陛下。”

“我？有这回事？可我是次子呀！尽管我们是孪生的！……”

“陛下是长子，伟大的皇上！关于这件事我们还不是仅仅有表报为证！”

阿努古安走到墙边，打开了一扇暗门，把查莉娜放了进来。

“瞧，她就是为陛下和陛下如今那个当上皇帝的弟弟接生的接生婆。你说，老太婆，是谁先出生来着，是克列特楚—阿什纳查克国王还是古安一阿塔古耶拉干？”

“头一个生下来的是克列特楚—阿什纳查克国王。我清楚地看到在头生子的右肩上有块大胎记……”

“胎记吗？……对呀，我肩头上是有块大胎记！”

“然后古安—阿塔古耶拉干才生下来。当我把洗净的两个婴儿抱给陛下的父皇，最最最伟大的皇帝阿塔古耶拉干—库库利干看时，他指着古安说：

‘这是头生子，他是我的继承人！’”

“那究竟是为什么？为什么呢？……”克列特楚—阿什纳查克委屈地叫起来。

“伟大的皇帝陛下请息怒！陛下的父皇不喜欢陛下头发的颜色。还有，陛下的脸有些像绵羊……再就是陛下生来体弱，陛下的父皇担心陛下会养不大，或者会成为一个懦弱的皇帝……”

“懦弱的皇帝？是吗？是这样说的？”

“要不就是懦夫，我已经记不清楚了。”

“这儿没你的事了，查莉娜，”季纳沙尔说。于是查莉娜深深地鞠了一躬退出去了。

祭司们沉默着在等待。克列特楚—阿什纳查克茫然无措地坐着，一个劲地揪胡子须。最后，还是阿努古安打破了沉默。

“伟大的皇帝！我是司法人。所以我认为，为了维护法律的神圣，应当恢复陛下的权利！”

克列特楚—阿什纳查克的近视眼兴奋得闪闪发光，但他还是害怕地连连摇摇手，说道：

“你说什么?!你说什么来着?!……那我的弟弟怎么办?”

“我们劝他自愿让位。如果他不同意，那就……”

“当然啦，他怎么会同意！绝对不会同意的！他当了这么多年的皇帝，突然之间就……”

“如果他不同意，陛下手中不是有军队和舰队吗？古安—阿塔吉耶拉干的一部分军队和将领早对他心怀不满了。在亚特兰蒂斯属国的那么多国王当中，陛下肯定还能找到同盟者。我们站在陛下一边。陛下只须做一件事：宣布自己的权利。其余的事我们自会办好……我们和陛下站在一边，并以陛下的名义……”

“我真不知道怎么办好……这太突如其来了……”

“伟大的皇帝，陛下的犹豫是可以理解的，”埃利扎伊尔说。“亲情……手足之情……然而我们在地上要走的路是天定的。如果陛下再犹豫不决，我们可以这么做：神赋予我的权力可以使我将陛下父皇的亡灵召来，请他亲自来裁决皇位的归属吧！”

“父皇的亡灵？”克列特楚—阿什纳查克又吃惊又好奇地叫道。

“对，陛下父皇的亡灵！”

接着，埃利扎伊尔打开了墙上的一扇暗门，下命令似的说道：

“进去！”

克列特楚—阿什纳查克犹犹豫豫地走了进去。祭司们尾随其后。

这是一个粉刷成天蓝色的圆形房间。房间的拱顶看上去和真正的星空一样，只不过上面的星星全是金子做的。蓝色石块拼铺的地面正中砌着一个圆圈，圆圈的正中是一个五角星。星的正中摆着一张狭窄的青铜宝座。宝座的靠背上有一轮太阳。宝座两边各放着一个灯柱，造型是3条盘绞在一起的蛇。卷曲的蛇尾是灯柱腿。3颗镶嵌钻石眼珠的金质蛇头对着火焰张开大口，仿佛要咬上一口。

“坐下！”埃利扎伊尔又同样威严地说道。

克列特楚—阿什纳查克战战兢兢地跨进圆圈，沿着台阶登上了宝座。

“时代的屏障就要打破！……”

接着，埃利扎伊尔举起一只手，开始庄重地拉长声调念起咒语：

**阿仓，齐塔，阿季，纳查。**

他念完一个词，油灯的火光就暗一下，最后就完全熄灭了。房间里顿时漆黑一片，伸手不见五指。

克列特楚—阿什纳查克由于神经紧张，只觉得双耳齐鸣，眼前出现许多绿色的圆圈，团团乱转。

令人万分压抑的沉寂降临了。

忽然，打远处传来一阵柔和悦耳的长笛声，与此同时墙上显露出一条宛如小蛇的淡蓝光带。这条小小的光蛇，一面不停地摆动，一面变幻着色彩，忽而发红，忽而发白。它的动作和光亮的强弱变化与长笛旋律配合得天衣无缝。当旋律奏得越快越强时——蛇的蜿蜒扭动就越快，发出的光就越亮。当乐声减慢减弱——蛇摆动得也慢下来，光也暗下去。这首单调的曲子只有5个音符，重复了一遍又一遍。

这种单调的音乐和令人眼花缭乱的光的变幻对克列特楚—阿什纳查克起了催眠作用。他怎么也搞不清楚，他到底是看见了发光的声音，还是听见了闪光的变幻。

就在这时，又出现了第二条光蛇，第二支长笛的乐声。然后是第三条第三支，第四条第四支，长笛声和光蛇接二连三地出现，忽而扭绞成一团，忽而又各自分开。渐渐地，一条条光蛇连成了一个光环。蛇的活动停止了。笛声也静息了。光环发出了均匀的磷光，颜色逐渐变深，往里伸展，直到变成一个圆圆的窗口，窗外是薄雾弥漫的飘渺虚空。

已经吓得神魂颠倒的克列特楚—阿什纳查克，眼前仿佛真的出现了他父亲的亡灵。亡灵伸出一只手臂，直指克列特楚—阿什纳查克，于是房间里清清楚楚听到了说话的声音：

“克列特楚—阿什纳查克！亚特兰蒂斯皇帝的皇位在等待着你……”

一切又沉浸在黑暗之中。

克列特楚—阿什纳查克突然尖叫一声，失去了知觉。

祭司们把他抬回原来的房间，使他恢复了知觉。

“最最最伟大的亚特兰蒂斯皇帝！”孔季纳沙尔对着他庄重地称颂道。

“我还不是亚特兰蒂斯的皇帝……”克列特楚一阿什纳查克有气无力地说道，眼神迷乱茫然。

“对我们来说陛下已经是皇帝了。陛下父皇的亡灵已立陛下为帝！……”

“可是父皇亡灵说的是：‘皇位在等待着你……’也许是指等弟弟死后吧？……”

孔季纳沙尔极度懊丧地对埃利扎伊尔使了个眼色。

“陛下父皇的回答一清二楚：‘皇位在等待着你，’这就是说，不能再等，”埃利扎伊尔说道。

“对，对……好吧。我再想一想……我实在太累了，我会给你们答复的……什特查，你送送我。”

于是克列特楚一阿什纳查克靠在祭司什特查的手臂上，离开了房间。

“你就不能叫那个幽灵换个说法！什么‘皇位在等待着你’，干脆就说‘克列特楚！朕命你用武力夺取古安的皇位，尔乃法定皇位继承人’不就得了，或者跟这差不多也行啊，”孔季纳沙尔气呼呼地埋怨道。“你们这些术士都有离奇古怪的臭毛病，说起话来云山雾罩，阴阳怪气。瞧吧，弄得大伙都摸不着头脑了。”

“谁知道他竟是这号人呢……”埃利扎伊尔不好意思地说道，“所有的东西都得给他嚼碎了才能往嘴里填……”

“当个皇帝还可以……一个挺合适的皇帝呀，”扎努齐拉姆说，“非常合适！……”

“那得等他成了皇帝的时候才合适呢！怎样把他捧上台呀？”

“得重打锣鼓另开张了，”阿古努安说，“我知道，现在你们也都知道了，奴隶们不是正在酝酿着要造反吗。领头的是皇上的忠实走狗什申—伊特茨的儿子阿克萨—古阿姆—伊特茨。这小子真他妈的年幼无知！听说他迷上了一个女奴，就想把整个亚特兰蒂斯弄个底朝天呢。就这个阿克萨—古阿姆，我们可以利用他。如果有高人来指点造反的话，他们还真能把古安—阿塔古耶拉干给宰了。我们等着的就是这个。那时我们很快就能把奴隶们收拾掉。然后把那头亚速尔小绵羊——克列特楚—阿什纳查克扶上皇位。这样我们就成了亚特兰蒂斯至高无上的统治者了。要是造反不成，古安—阿塔吉耶拉干的脑袋保住了——那阿克萨—古阿姆的人头也得落地，就连他爹的脑袋也一样保不住。我们不就可以坐享其成了吗。”

“瞧瞧，这就是亚特兰蒂斯的真正外交家，鼓动奴隶造反的司法人！”孔季纳沙尔笑着说。

地面如同波浪一样往上一涌，所有的人身子都往左边一歪。有个地方泥灰沙沙落下来。

“这地动开始叫我有点儿担心了。”

“小事一桩！”孔季纳沙尔满不在乎地说道。

“小事有时也会变成大事，”阿努古安反驳道，“我们的表报上就记载着好几次可怕的地震和火山爆发。就连这个比岩石还要坚硬的金字塔，在3700年前也给搞出了一条巨大的裂缝，不得不重新填补。你们想想当时的宫殿和神庙会成什么样吧。”

“阿努古安，你还想再活上3000年吗？我想，我们这一辈子怎么也不会出事吧！至于今后……哪怕所有的金字塔都变成一堆碎鸡蛋壳也管不着！”

孔季纳沙尔香甜地打了一个哈欠，接着又补了一句：

“好啦，该睡他一觉了！”

## 九　蛇崽子

“完工了！”

阿季什尔纳—古安奇放下了青铜凿子和锤子，离开雕像后退两步，打量着刚完成的雕像。

在他眼前站着的，简直就是一个活生生的谢莉公主。她身穿短袖长衫，右手握着标枪正在准备投出，全身上下都有一股虎虎生气。她的右脚在前，膝盖略弯。左手的皮带上牵着一对嘴尖腰细、肌肉发达的猛犬。谢莉的头发用绸带紧紧地扎着，前面插着一枚新月形的发簪。这个月牙象征着她的名字①。

阿季什尔纳一古安奇欣赏着自己的作品。他是在森林狩猎中第一次遇见谢莉的，当时她就是这个样子。

一轮巨大的明月已经升上洋面。月光洒在大理石雕像的脸庞上，阿季什尔纳一古安奇觉得谢莉对他笑了一笑。

他的心中涌出热烈的爱意，不由自主地凑近雕像，在冷冰冰的大理石嘴唇上亲吻起来。

"咳，咳，咳……圣明的神啊！他这是发疯啦……"

阿季什尔纳一古安奇不好意思地从雕像身边跳开，转过身来。他面前站着的是谢莉公主的保姆古一什尔查，他的外婆。

"出了什么事了吗？快点儿说呀！"

查开始用她上了年纪不听使唤的手在衣服褶子里到处乱翻，一边不停地叨叨咕咕、唉声叹气，好不容易才找出一卷布，把它递给了阿季什尔纳一古安奇。

"给你这个……快看看吧……"阿季什尔纳一古安奇一把从查手里夺过那卷东西，打开之后，就着月光激

---

① 谢莉在亚特兰蒂斯语中意即月亮。——拉里逊注

动地看起来。看完之后．他大叫一声，顺手把信塞进怀里，飞快地跑掉了。阿季什尔纳—古安奇飞快地跑过一条又一条的宽阔大道向圣山奔去。

亚特兰蒂斯的居民正在尽情享受凉爽的夜晚。从花园黑乎乎的绿阴深处传来了歌声、长笛声和基查尔琴[①]的叮咚声。一栋栋房子灯火通明。从廊柱的间隙当中拉开的窗帘望去，可以清楚地看到房间里面的情况。亚特兰蒂斯人高卧桌旁，桌上玫瑰朵朵，杯盘交错。奴隶们高高举起细长的双耳瓶，酒浆如同条条红线一般倾入杯子里。笑闹之声不绝于耳。

“……你的酒喝得太少，所以会害怕地震，”只言片语断断续续传到阿季什尔纳—古安奇的耳朵里，“多喝点儿吧，你就会习惯地面的摇摇晃晃啦。大地是醉了，才会摇晃起来的。我们也得喝个够。奴隶，拿酒来！……”

阿季什尔纳—古安奇继续快步赶路，浓密的月桂丛中响起了快乐的歌声。

一个女声唱道：

---

① 一种类似希腊基法尔琴的弹拨乐器。——拉里逊注
基法尔琴和竖琴相似。——译注

亚特兰蒂斯悄悄睡下，
蓝色月光偎入它胸怀……
看那月儿亲吻大地，
请你也轻轻吻我一下！

一个男声应声唱道：

明眸秋水燃烈火：
热吻含情，
葡萄美酒艳似血，
尽收杯底夜如盅！

男女声融合在一起合唱道：

听天由命，何必忧伤！
只要月儿依然皎皎……
唱歌、拥抱乐逍遥，
夜之酒杯，一饮而光！

欢笑声和接吻声不断传来。

阿季什尔纳—古安奇登上了圣山旁边的一座吊桥。

“来者何人？”一个士兵喊道。

“阿季什尔纳—古安奇，是奴隶。召我去什申—伊特茨的府邸修理浴室的水管。”

阿季什尔纳—古安奇是个千载难得的天才雕塑家和首饰匠，但是，为了祭司们和皇帝的需要，他却被迫去做包括修理水管和门锁之类的各种杂活。圣山上的人没有一个不认识阿季什尔纳—古安奇，他畅通无阻地通过了禁区的界线。

圣山上远不如城里那样热闹，一座座宫殿孤孤单单地矗立在高墙大院之中。

阿季什尔纳—古安奇转身走上一条岔道，道路两旁栽满茂密的杉柏。杉柏密不透风，就像城墙一样，把这儿弄得漆黑一片。杉柏树的针叶散发出浓郁的树脂味。前面传来了一阵鞋子踩在沙地上的声音。阿季什尔纳—古安奇躲进了杉柏树丛之中。

一个卫兵鼻子里哼着歌，慢慢悠悠地走过来，又走了过去。当他的脚步声在远处消失之后，阿季什尔纳—古安奇继续向前赶路。林荫道尽头的宫殿里有灯光在闪烁。阿季什尔纳—古安奇穿过密密的杉柏林，绕道走近了宫殿。廊柱间的窗户帘都放下来了。听得见帘子后面有人说话，宫殿前平场上的一个圆柱旁有一丛夹竹桃，祭司什申—伊特茨的家奴库阿茨罗姆正躲在那儿偷听。

阿季什尔纳—古安奇走到他旁边，悄声问道：

“阿克萨—古阿姆在哪儿？”

库阿茨罗姆向他摆了摆手，又用手掌捂了捂自己的嘴巴，然后又指了指门帘，暗示他别出声。

阿季什尔纳—古安奇开始细听说话的声音。说话的是祭司什申—伊特茨和他妻子。

“丢人！真丢人！诅咒该落到你脑袋上！你生下来又奶大的是条蛇崽子。阿克萨，我的儿子，这个叛徒忤逆！……他居然要弑君犯上。他成天和奴隶们混在一起，想要造反……他让我的大名在亚特兰蒂斯的历史上蒙受耻辱……我得立即把他送到皇帝那里去！……”

“可是，也许还来得及挽救吧？……别让他们起来造反，打乱他们的计划。先别急着去呀，我求求你啦！”

阿季什尔纳—古安奇赶紧将库阿茨罗姆拽到一边：

“有告密的？”

“有告密的。”

“库阿茨罗姆，你听我说……无论如何得拦住什申—伊特茨，你不管想个什么办法把他缠住……我现在顾不上考虑这个……不能让皇帝知道我们的秘密，你明白吗？最起码让皇帝知道得越迟越好。阿克萨—古阿姆在哪儿呢？”

“他在老矿井里跟奴隶们开秘密会哪。”

“好吧，记住我说的了吧，库阿茨罗姆！”

阿季什尔纳—古安奇顺着杉柏林阴道急忙走了。

# 十　老矿井

阿季什尔纳—古安奇挤进一群奴隶当中。

阿克萨—古阿姆已经快把话讲完了。

他谈到奴隶的苦难深重，说他们的生活就像是在服终身苦役，他号召他们起来造反，挣脱锁链，处死皇帝，把政权夺到自己手中，成为以往那样的自由人。

明亮的月光照着密密麻麻的人群，半裸的奴隶挤满了废弃老矿井中的一个大坑。奴隶们有的身子靠着碎石子堆，有的坐在峭壁上，有的爬到了树上，有的倚着大石头……

阿季什尔纳—古安奇仔细地环视了一下人群，他立刻感觉到：这群人并不齐心。

有的奴隶全神贯注地听着阿克萨—古阿姆的讲话，半张着嘴巴，连连点头表示赞同；另一些奴隶则一动不动地站在那儿，怀疑甚而有敌意地看着他。

“不自由毋宁死！……”阿克萨—古阿姆高喊一声，就走下山岩。

一个外号“拼命鬼”的奴隶登上了阿克萨—古阿姆刚才站过的地方。他的皮肤显得挺亮，一双灰眼珠露出讥讽的神态，嘴角挂着一丝冷笑。

“阿克萨—古阿姆，祭司的儿子，他给我们讲了我们的苦难，多亏他让我们大开眼界，没有他我们还真不晓得呢！”

人群里传出一阵笑声。

“不过，他那种对奴隶的爱是打哪儿一下子就冒出来的？最不是因为他爱上了我们中间的一个姑娘就连我们也一块儿爱上了？”说着，他瞟了一眼站在阿克萨—古阿姆旁边的阿塔。“是不是呀？”他直接向着阿克萨—古阿姆问道，“如果你的爱情一股热劲儿就过去了，或者阿塔甩了你，那时你对我们奴隶们还不知会恨成什么样呢？你们，奴隶们，”他转过脸对着人群继续说道，“想成为自由的人。你们打哪儿着手呢？从给自己挑个新的小皇帝阿克萨—古阿姆着手吗！要是他把我们赶到鞭子下，自己却跑回他的圣山呢？……奴隶只能靠奴隶自己来解放自己！造反——可不是穿着绣金长袍谈情说爱的人所能干的事。这就是我的想法！”说完他就从岩石上走下来。

人群顿时紧张起来。大家现在好像有了一致看法了。但这种一致显然是对阿克萨—古阿姆很不利。成千只仇视的眼睛都盯到他的身上。人群之上拳头林立。

“别相信他！”

“他是祭司们派来的！”有人这样呼应道，“把他赶走！”

岩石上出现了“独眼龙”。自从监工打坏了他的一只眼睛后，他就得到了这么个外号。独眼龙狡猾地眯起了他那仅有的那只眼睛，并来回地摇晃着脑袋，然后用食指指着自己的鼻头说道：

“你们瞧我……”

人群对这个滑稽的开场挺感兴趣，就安静下来。

“拼命鬼说得不错！不过，他正好是用那只我看不见的眼睛看的……”

“哈—哈，”人群里爆发出一阵笑声。

“而现在，我用那只能看得见的眼睛来看看……你们拍拍心口，再老实告诉我，你们自己相信起义能成功吗？能获得自由吗？你们相信自己能战胜亚特兰蒂斯的军队吗？不，你们不相信。但不管怎样，反还是得造。为什么呢？因为我们再也忍受不了了。因为我们不可能再糟到哪儿去了：死了认头，活着倒是活受罪。就在这个时候，阿克萨—古阿姆到我们这儿来对我们说：‘我和你们站在一起，我帮助你们。’这有什么不好呢？和我们站在一起，总比反对我们要好！至于是什么原因叫他来到我们中间——那又有什么关系呢？为了我们的姑娘？对！但我们的姑娘早就填满了他们的后房了。想怎么挑就怎么挑。可他到我们这儿来了。也许他真同情我们的苦难吧！干吗要赶他走呢？不管相信他还是不相信他，都没有赶走的必要……也许他还有用处呢，我说得对不对？”

说完，他又用手指指了指自己的鼻子，就从岩石上走了下来。

阿克萨—古阿姆擦了擦额头上的冷汗，他完全没料到事态会如此大起大落。他习惯于把奴隶看作不敢说话、愚昧无知、俯首听命的牲口。只要谁肯对他们说上两句温存的话，再顺着皮毛抚摸两下，他们就会跟谁走。他是屈尊来俯就他们的。所以一直都以恩人救星来自诩——而这次集会突然之间竟变成了审判他的一个什么法庭。那些肆无忌惮的尖刻言词攻击了他本人和他的私生活，那种或揶揄或嘲笑的口气……使他心头不由涌起——虽然违背他的意志——祭司等级世代积蓄起来的对奴隶的仇恨和鄙视……

他冷峻傲慢地登上了岩石。

“我是来帮助你们的，而你们却审判起我来了。我并没有想当你们的什么皇上。就让拼命鬼领导你们起义好了……我……”

人群突然骚动起来，闪出一条通道。库阿茨罗姆急急忙忙地挤开奴隶，穿过人群走过来。他手里捧着一个口袋似的东西。

“让开！让开！出大事了！……”

库阿茨罗姆走到岩石跟前，举起口袋，抖落出一个像圆球似的东西，它跌落在地。

“这是什么？……”阿克萨—古阿姆莫名其妙地问

道。突然，他脸色煞白，恐惧地倒退一步。

月光下，他父亲，祭司什申—伊特茨的脑袋上一对玻璃一样的眼珠在盯着他。

阿克萨—古阿姆一把扶住岩石，他觉得自己几乎失去了知觉。

阿塔歇斯底里地大叫一声。

“什申—伊特茨得知起义的消息之后，就想跑到皇帝那儿告发你和起义的事，”库阿茨罗姆对古阿姆说道，“阿季什尔纳—古安奇对我说：‘无论如何得把什申—伊特茨拦住，使他没法密告奴隶们的计划。’我没有别的办法把他拖住……他不死你就得死。他是个凶恶的主子……为了不让人马上就认出被杀的是谁，我就把他的脑袋割下，塞进口袋里……带来了……我是遵令干事……”

人们鸦雀无声地听他把话说完。

阿克萨—古阿姆在石头上坐下，双手抱住自己耷拉着的脑袋。

阿塔胆怯地偎在他身边，不敢直接表示同情。

这件事最初造成的强烈震撼过去以后，奴隶们开始议论已经形成的局面。现在，皇帝必然会发现准备起义的事。因此为密谋的事付出沉重代价，也肯定是不可避免了。必须马上下决心立即采取行动。经过长时间的热烈争论以后，起义计划终于制定出来。决定攻打圣山。这时阿季什尔纳—古安奇出人意外地站到了岩石上。

“这个计划根本行不通，”他用不容置疑的口气说道。

“哥哥！”阿塔喊道。

阿克萨—古阿姆仰起头来，疑惑不解地望着阿季什尔纳—古安奇。

“圣山四周有护城河，防守严密。吊桥随时都可以拉起，不用尸体填满护城河，就别想过去。过去之后还有无数锐利青铜长矛在等着呢。我们应当只用一部分力量对它佯攻，来个声东击西。主力绕道上山，从那边居高临下地攻打圣山。这条路离皇宫也最近。不过我们要及早把武器搞到手。这个问题我想……”

“就这样，破晓时！……”阿季什尔纳—古安奇还没把话说完，一阵强烈的地震震动了岩石，整条山谷都波动起来。落地的石头一片乱响。

“如果地下的力量来不及提前破坏圣山……”他又加了一句。

但是，他的话音已被激动的人群的喧哗声淹没了。密密麻麻的人群行动起来了。奴隶们一边议论着发生的种种事件，一边散开来。

阿克萨—古阿姆、阿塔、阿季什尔纳和古阿姆夫几

个人走在一条路上。

“阿克萨，请原谅我吧，你父亲的死是我无意间犯下的过失！……不过，我想库阿茨罗姆这么做还是比较聪明……”

阿克萨—古阿姆只是阴郁地点了点头。

他们一行走上了一条没人的岔道。阿塔拉住阿克萨—古阿姆的手，紧紧地握住，想安慰他。阿克萨—古阿姆也紧握她的手作为回答。

“你也参加……起义吗?”阿克萨问。他本想说“参加我们的起义”，可是听了奴隶们的发言后，这句话他说不出口了。

“我不相信起义会成功!”阿季什尔纳—古安奇说。“我有自己的目的，我要开诚布公地承认这一点。”

说完，他从怀里掏出那张谢莉写的信，递给阿克萨—古阿姆。

阿克萨—古阿姆读了起来：

父亲把我许给阿苏尔国王。很快就得启程。父亲从一个奴隶口中得知我和你在黄金花园的会面后大为生气。他把我关到了鹰巢里。

谢莉

阿克萨—古阿姆知道‘鹰巢’。它是专为关押王室成员而设的监狱。有一条地道从王宫直通山里。山腹内有螺旋梯子，直通那间在高得令人头晕目眩的岩石中凿成的房间：一个位于悬崖峭壁上的小吊楼，从那儿插翅难逃。

“我知道一条可以通到谢莉那儿的路，但需要经过皇宫！”阿季什尔纳—古安奇说。

两人都不说话了，各想各的心事。

“别干这事儿了！”古阿姆夫说。

阿塔只是紧紧地握着阿克萨—古阿姆的手，凝视着他的双眼。

他沉重地叹了一口气，把阿塔的手都握疼了，然后喑哑地说道：

“晚了！”

## 十一　阿茨罗—沙努与克里茨纳

最高机密监护人阿茨罗—沙努的宫殿位于波赛冬神殿旁，是一座四周高墙环绕的独立宫殿。

宫殿分为两层：下层在地下。上层是一间间豪华的客厅，装饰得神话般富丽堂皇。一尊又一尊的纯金神像，一件又一件镶满宝石的家具和三脚桌，看得人眼花缭乱。

阿茨罗—沙努很少待在这儿。只是在清晨时分，当他忙活了一夜青铜表报之后，才偶尔到这儿来呼吸一下新鲜空气。他坐在露天凉台的栏杆旁，眯着眼睛，或是静静地打个盹儿，或是思考点儿什么。奴隶端上来一份简单的早餐：一个形如两个连在一起圆球的淡味面包和一杯泉水。

只要天气一热，他就躲到地下的房间里，那里总保持着凉爽的恒温。巧妙的通风设施能使空气保持新鲜。白天的光线被一些打磨光亮的镜子反射进来，这些镜子能随着太阳的运行而转动。其实他并不需要白天的光亮，阿茨罗—沙努只在夜里工作。

地下的房间恰好和上层的完全相反。白色大理石墙壁上没有任何装饰，房间里的陈设近乎寒酸，只放了很少几件必不可少的木制家具。一张简朴的木床上铺着两块豹子皮。一长溜门对着门的穿廊式房间，墙边都是搁架，上面摆满了青铜表报。每个搁架上都钉着一块青铜薄片的目录和号码，青铜表报也都是分了类和编了号的。光是它们的目录就占去了一个房间。

深夜时分。

阿茨罗—沙努坐在一张长长的桌子旁边的木制圈椅上，灯光把堆在桌上的青铜薄片照得金光灿灿。阿茨罗—沙努用手遮住亮光，聚精会神地在看着什么。在他旁边坐着年轻的祭司克里茨纳——他的徒弟。四周异常寂

静，上面什么声音也传不下来。

老头儿半闭着眼靠在椅背上，轻轻说道：

“不幸的亚特兰蒂斯啊！”

克里茨纳不敢打破沉默。

“我老了……我都149岁了，该安息了。”阿茨罗一沙努说完后沉默良久，这才又接着说下去：“克里茨纳，我选中了你，我要把亚特兰蒂斯的最高机密传给你。你很年轻，比我其他徒弟都小。但你却有坚强的心灵和无畏的信念。你觉得你是否已经为追求真理做好了准备？有没有决心为了真理而舍弃你最珍贵的一切？”

“有！”克里茨纳斩钉截铁地说道。

“那么，你听好：最高机密就是……它根本不存在！”

克里茨纳莫名其妙地望着大祭司。

“对于芸芸众生，甚至对于皇上和我们之中的许多低级祭司来说。我们有许多机密。我们懂得怎样治病。知道天体的运行，我们甚至还能预知什么时候将发生日食或者月食。我们能召来亡灵。还能有什么？我们的确掌握着伟大的知识宝库，但它里面并没有任何秘密……

“几千年来，我们一直注意观察人类患各种疾病时的病情，并把观察到的东西记录下来。我们亲自进行过成千上万次用药的尝试——先给患病的奴隶尝尝试试，成千上万种的草药、浸液、合剂呀。成千上万的奴隶由于服用了我们的药剂而死亡，但也有些人服药后恢复了健康。我们把这些全部一一记载下来，反复验证，得出最后的结论。就这样，我们就这样盲人瞎马地东碰西撞，通过经验的积累而最终建立了我们的医学。为什么用我们知道的那种苦树皮的浸汁可以治疗疟疾？我们自己也不明白。我们只知道它的疗效……

“几千年来，我们一直观察天体，并把所观察到的现象记录下来。把它们加以对比之后，我们发现了许多天文现象是有规律和周期的，这就学会了预报这些现象的发生……

“我们除了所积累的无数观察资料外，别无其他秘密。只要我们不把自己的经验对非神职人员透露出去，它们就是秘密。我们的威力也就仅在于此！”

“召唤亡灵是怎么回事呢？”

“我们采用各种手段来保持影响和权威。当我们事先知道将会有日食发生的时候，我们就说，神的愤怒遮蔽了阳光。只有我们的祈祷，才能使人得以重见天日。靠这种手段，我们就能迫使皇帝听从我们的意志。”

“那么皇帝不知道吗？……”

“皇帝相信我们有‘秘密’，迷信得比最蠢的奴隶还有过之而无不及。教育皇帝的权力不就掌握在我们手里吗……你刚才问我关于召唤亡灵的事。那不过是利用镜子和蜡像的反光，再加上一只传声筒搞的点儿小把戏而已……这么一弄，鬼就来啦……我回头找个时间给你讲讲怎么个鼓捣法……”

克里茨纳惊呆了。

犹豫片刻后，他开口道：

“这不是欺骗吗！”

“哪儿有什么真的？就连我们自己的感觉本身都靠不住，它不就是在欺骗我们吗？再说，人既然喜欢奇迹和神秘，我们就给他们呗。是欺骗吗？太对了！不过这使我们有可能专心致志地钻研知识，做出许多有益人类的发现……”

“为什么不把这些知识告诉人民呢？……还有奴隶又能从这些有益的发现中得到些什么呢？”

阿茨罗—沙努皱起了眉头。

“奴隶？如果奴隶也来研究学问，那么谁到矿井里去挖矿呢？……”

克里茨纳并不满意这样的回答。满脑袋的想法和疑团在他脑袋瓜儿里乱转起来。稍微平静一点儿之后他又问：

“那么，神呢！”

“没有神！”

克里茨纳只觉得这一次他的整个脑瓜儿都旋转起来了。

阿茨罗—沙努斜眼瞟了他一下，就把这种冲击缓和减弱了一些。

“如果你想要神，神就有。可他们不能像皇帝和奴隶们心目中所想象的那个样子。万物生长靠太阳，太阳‘神圣’是因为它具有这种力量、热和光。没有哪个奴隶能像太阳那样精确地干它自己的活儿，从日出一直跑到日落，一丝不差。太阳能随便偷懒，少发点儿光或者少跑点儿路吗？太阳不但不是什么神，还是时间和空间的奴隶呢……”

克里茨纳一言不发，耷拉下了脑袋……

他的脸色苍白，浓眉紧锁。他的思维高度紧张，内心斗争十分剧烈，这一切都明明白白地显现在他的脸上了。

阿茨罗—沙努不动声色地观察着他，就像医生在观察一个要动风险很大的手术的病人。

“我知道，克里茨纳，这是很难的……疑虑使你感到痛苦，而且还要继续使你痛苦……但是，你将会胜利地摆脱所有的痛苦……而当你内心的风暴平息下来之时……”

进来了一个奴隶。

这事儿异乎寻常。功课进行的时候，任何人都不准进入阿茨罗—沙努的房间。

祭司把眉头一皱，不满地用干瘦的手指噼里啪啦地敲打着桌子问道：

“有什么十万火急的事呀？……”

奴隶单膝跪下。

“最最最圣明的大祭司，太阳使者和埃利扎伊尔有紧急大事求见。”

“让他们进来吧！”

埃利扎伊尔和太阳使者低着头走了进来。

阿茨罗—沙努举手示意。

“说吧……”

“最最最圣明的大祭司！”埃利扎伊尔开口说道，“小人不敢过早烦扰清修……近来天穹异象已有多日，小人终日不安……星座好像在移位……它们的途径与我们利用金字塔和其他仪器确定的坐标不符……我想，这些异常现象是否预示将有大灾大难？太阳使者也来了，因为他的情报似乎也证实了我的担忧……”

“说吧！”阿茨罗—沙努转向太阳使者。

“最最最圣明的大祭司！小人刚刚进行完国土例巡，征收税赋，所到之处，触目惊心。亚特兰蒂斯东西两面的所有岛屿全都处于火山喷射的熊熊烈焰之中。许多城市因火山爆发和地震而化为废墟，大地摇摆，建筑坍塌，人们像受惊的绵羊群，东躲西蹿……”

“不幸的亚特兰蒂斯！”阿茨罗—沙努又轻轻吐出一句。“你是对的，埃利扎伊尔！你观察到的现象和太阳使者谈到的凄惨事件降临有关。可你还是错了，行星没有移位，那些不动的星座也仍然像原来一样一动不动……”

“但是我所观察到的情况呢？……你最好亲自去验证一下！这是千真万确的！是我亲眼所见！”

“那么你相信眼睛吗？”他转身面向克里茨纳说道，“你听着。这就是你的‘真理’的一个极好例子。埃利扎伊尔，你是怎么想的？如果你喝了一大杯烈酒之后，是不是会觉得周围的一切都在旋转？”

埃利扎伊尔气得满脸通红。

“我可是清醒的……”

“我指的并不是真喝酒。你想过没有，柱子移动了位置，难道能从自己的头脑里找出原因来吗？……问题就在这儿。动的不是星星，而是金字塔，所以在塔顶用你的仪器所测到的就要和星星平时运动不相符了。”

埃利扎伊尔完全被弄糊涂了。

“但是金字塔在地上岿然不动！”

“那大地本身呢？”

埃利扎伊尔渐有所悟。

“这样说是不是简明些，动的只是大地，而不是整个天穹？事实正是如此。地火的力量改变了大地本身的位置，移位的是你所有的观察点。我刚才一直在研究1 000年前亚特兰蒂斯就遭受过的恐怖大地震时所发生的现象……那时的情形也正是如此……跟现在一样，首先爆发的是和亚特兰蒂斯毗邻的岛屿上的火山；那些岛屿比亚特兰蒂斯小得多，因此地火轻而易举地在那里破土而出！呜呼！……根据大量的调查资料我得出了结论，我们正面临着一场前所未有的奇灾大难……亚特兰蒂斯必遭毁灭！……太阳使者的报告只是告诉我们，大难临头的日子可能比我所预料的更早些罢了……”

埃利扎伊尔和太阳使者都呆若木鸡。只有克里茨纳没有表现出特别激动的样子，但“地火的力量”这几个字却在他心里翻腾不息。

“明天召开上院会议……既然我们无力制止这个灾难，我们只有想法挽救了。”

“克里茨纳，你去皇宫通报一下要召集上院开会，”阿茨罗—沙努说道。

克里茨纳来到上面，登上宫殿的大理石台阶。

往下看去，就是沉醉在一片月色和花香之中的亚特兰蒂斯。和往常一样，从城市那边传来隐隐约约的奏乐唱歌声。远处的大洋送来阵阵涛声。

然而克里茨纳对这一切都视若无睹。他紧紧地抱着头站着，在明亮的月光下，他脸上的五官看上去似乎都挪了位。“全是谎言和欺骗……没有神……没有秘密……有的只是贪婪自私的祭司等级。他们故弄玄虚，把知识变成秘密，以此来压迫人民，满足自己的穷奢极欲……”

他的视线落到在月光下闪闪发亮的金色太阳神雕像上。

突然，克里茨纳怒不可遏地一下子就把雕像从它的底座上推了下去。

雕像骨碌碌地在大理石板地面上滚了几滚。

## 十二　奴隶起义

祭司们和皇宫里早就风闻奴隶正在准备造反，只是起事的日期还不太清楚。圣山在静观事态的发展。

迄今为止，类似的奴隶起义都没有给“国家”，也就是给国家的统治等级——皇室、祭司和军官们造成多大的威胁。这种起义不过是一场场毫无组织的骚乱而已。

但这一次事态的发展却与以往有所不同。离天亮还有很长一段时间，在伸手不见五指的黑暗之中，奴隶们悄无声息地离开了矿井。他们同样悄无声息地扬起沉重的青铜丁字镐，出其不意地狠狠砸到监工和警卫的脑袋上。那些家伙像一捆捆庄稼似的瘫倒在地，连点儿响动都没闹出来。

不到一个钟头，整个黑城就落到了起义者的手中。

黑暗和寂静掩护了暴动。

通往圣山的条条大路小径旁，都预先埋下伏兵，好截住万一脱逃的监工和警卫，不让一条漏网之鱼到圣山报信。但这些预防措施只不过是以防万一，事实上黑城里没能剩下一个保住了脑壳的警卫或监工……

奴隶们在向老矿井前进。

起义总部就设在那里。

“就算我们不能取胜，也得叫圣山知道知道我们奴隶的力量越来越强，”拼命鬼对着人群说道。“我们无论如何得搞到青铜剑和长矛！兵器库的卫队人多势众，装备精良，单凭着我们手里的铲子镐头是打不过他们的。想要夺取兵器库里的刀枪，我们还得先好好武装一下。工场里有许多造好的武器在那儿放着呢，离这儿不远。而工场的卫队比军火库的卫队要少得多。我们也许费不了多大工夫就能把工场的卫队收拾掉。但是，只要我们一进攻，他们就会点火报警，向值守军团求援。所以我们还得像占领黑城那样，不能弄出任何响动，要迅速拿下工场。但这又怎样才能办到呢？”

“我知道，”阿克萨—古阿姆说，“天亮前工场的卫队要换防，换防的卫队是从“飞龙’大道来的。这条道在两个泉眼那儿要经过一片僻静的洼地……我们就在那里袭击这支部队，把他们干掉，然后穿上他们的盔甲去工场换防。这么一来工场和全部武器不就落入我们手中了吗？”

“口令怎么办？”阿季什尔纳—古安奇问道。

“这我已经打听到了，是‘蛇和太阳’。”

这个行动方案通过了。

于是，第一场战斗就在“飞龙”大道的那两个泉眼旁展开了。

奴隶们把换防卫队放进了包围圈，立刻从三面——前后和左侧——发动了进攻，道路的右下方是悬崖峭壁。

袭击发生得非常突然，但亚特兰蒂斯的士兵身经百战，他们进行了顽强的抵抗。奴隶们掷来的石块被他们的盾牌挡住，伤不到他们。他们的长矛又比奴隶们的铲子镐头长，用它可以几乎没什么危险地刺杀奴隶。即使如此，奴隶们也能轻而易举地逼他们跳崖，因为奴隶们在数量上占优势。但是，必须尽可能把士兵的武器全部夺下来。长矛戳进一些奴隶的身体。一些士兵还来不及抽出刺进奴隶身体里的锋利矛头，几十双奴隶的手就紧紧地抓住矛杆再不松开，哪怕别的士兵在一旁乱刺。渐渐地，大部分长矛落入奴隶手中。士兵被困在狭窄的路面上，行动越来越困难。士兵失去长矛以后，只好拔剑迎战。但长矛使奴隶占了上风：剑比矛短。士兵们一个接一个地倒下，尸体壅塞了路面，仗愈加难打。

部队陷入绝境……

过了大概一个来钟头，部队全军覆没，变成一堆死尸，一个活的也没剩下。奴隶们急忙剥下士兵尸体上的盔甲，在泉水里洗净血迹，自己披挂起来。

阿克萨—古阿姆穿上队长的铠甲，队伍出发了。路旁也留下一支队伍，准备阻击。

在工场门口，“守卫部队换防”进行得很顺利。双方队长交换口令之后，夜间值守部队就踏上归途，他们的青铜兵器叮当响着走远了。当他们到达刚刚厮杀过的战场时，所有的尸体早已扔下了悬崖，道路也已清理干净，厮杀的痕迹一点儿没有。

工场里还有一支人数不多的守备部队，没费吹灰之力就把他们解决了。制造青铜武器的巨大工场落到起义者手中。

工场里有 7 000 件制造好的短剑长矛，其中5 000件尚未打磨，但照样能用来打仗。奴隶们高兴万分。从来还没有过一次起义的开头如此顺利。他们战胜圣山的信心更加坚定。

天将破晓，必须赶紧拿下武器库，在太阳升起之前把主力调到山上。

武装起来的奴隶已经成为一支威风凛凛的军事力

量，迅速向兵器库开去。

他们的武器装备把兵器库的驻军蒙住了。

“来者何人？”巡逻队迎上来问道。

“奉亚特兰蒂斯武装力量长官克特查利—科奥特利之令，‘值守’军团前来加强警备，”阿克萨—古阿姆答道。

但是，当一半的奴隶过了吊桥之后，骗局就被识破，这纯粹是由于一些奴隶的疏忽大意造成的：有一部分奴隶狂热过头，他们没有分到士兵的装备，就扛上自己的镐头跟着队伍上来了。军队发觉后立即发出警报，但已为时太晚。刀剑相接，青铜兵器的叮当声打破了夜晚的寂静。亚特兰蒂斯的士兵勇猛如常地展开战斗，奴隶们步步紧逼，士兵只好边战边退，撤进巨大的兵器库里。仓库的沉重大门一扇扇地在咯嚓嚓的响声中倒地，一群群半裸的奴隶潮水般涌进仓库，从里面再出来时，一个个已是装备齐全。奴隶们胜利了。

仓库内部和大院角落，零星的战斗还在继续，但奴隶们的一队队装备齐全的队伍已经沿山路急行军向圣山进行包抄。沿途的一些小小的警卫部队进行了抵抗，但根本阻挡不住这一股股勇往直前的洪流。

一夜功夫，手无寸铁、任人宰割的奴隶就变成了一支拥有一万六千把短剑长矛的威风凛凛的军队。

虽然采取了一项预防措施，攻占兵器库的消息还是没能瞒过圣山。因为兵器库就在圣山脚下。在这寂静的夜晚，厮杀声清清楚楚地传到了圣山上。但是，夺取兵器库的战斗却掩护了独眼龙和阿季什尔纳—古安奇率领的奴隶主力，在暴露之前，他们已经神不知鬼不觉地在群山之中走过了长长的一段路。而拼命鬼和阿克萨—古阿姆则接受了一项十分艰巨的任务，率领较少的兵力从圣山设防最强的一面实行强攻，承受亚特兰蒂斯精锐军团的主力——“尼普顿”和“无敌”军团——的打击。

圣山上，神庙和王宫上的青铜在清晨阳光的照耀下光芒四射，刺得人眼睛发花。

阿克萨—古阿姆和拼命鬼率领着队伍已经到达圣山脚下的环形护城河。吊桥早已拽起。圣山那边的河岸上站满了全副武装的士兵，他们已经列好战斗队形，宛如一堵耀眼的青铜壁垒。

奴隶们见到敌人那边长矛林立，密不透风，不免有些气馁……护城河挡住了奴隶们的去路。

但是，敌对双方的默然对峙并没有持续多久。

护城河里有许多小船停靠在岸边，拼命鬼向着这些小船把手一摆，奴隶们便一拥而上。他们把那些划艇游船全拽到一处，冒着对岸纷纷投来的标枪，架起几座浮桥。

河岸比水面高出一个半人高，但这也挡不住奴隶们。他们从浮桥上冲过去，一个踩着一个的肩膀，攀上了对岸。

标枪不断地向他们投来，不久，岸边和船上的奴隶已是尸积如山，但新的奴隶队伍又像蚂蚁一样踏着尸堆爬了上来。尸体遍布水面，河水被鲜血染得通红。但奴隶们的最主要目的达到了：奴隶在太阳当顶之前占领了对岸。奴隶中的许多人是头一次踏上圣山的土地。

亚特兰蒂斯的士兵们退到了护城河边的一个宽阔的广场上，好更自如地进行战斗，一场顽强持久的浴血鏖战开始了。

亚特兰蒂斯士兵们在山坡上居高临下，占了很大的优势。而奴隶们则处在下方的一个狭小场地上，身后又是护城河。援兵只能缓慢地一点儿一点儿地随着占领场地的扩大补充上来。一堆堆的尸体也增加了行动的困难。奴隶们渐渐丧失了战斗力。亚特兰蒂斯士兵趁机猛攻。眼看着被紧逼到河边的奴隶队伍就要被赶到水里了。

拼命鬼和阿克萨—古阿姆在队伍的最前面厮杀。拼命鬼回头一看，发现奴隶们正在后退。

“完蛋了！”他心中暗道。

但是，就在这千钧一发之际，亚特兰蒂斯士兵也突然乱了套。他们后方的部队纷纷退却。

后来才知道，山上亚特兰蒂斯士兵的防线已经彻底完蛋。阿季什尔纳—古安奇和独眼龙以排山倒海之势从山上冲下来，直逼皇宫。宫里急忙召回部队增援。阿克萨—古阿姆和拼命鬼的队伍这时才缓了一口气。很快，奴隶们转守为攻，顽强地把敌人一步步逼到圣山的山顶。

但是，就在这个时候，圣山上发生了一起决定起义结局事变。

奴隶起义当晚，古安—阿塔古耶拉干皇帝接见了前来参加太阳节的各属国国王，为他们饯行。

为了最后一次向他们炫耀王宫的富丽堂皇，让他们好好地吃上一惊，接见在王宫的地下‘宝石大厅’里进行。宏伟的大厅堂里，所有墙壁上都镶满贵重的宝石。精心挑选的不同颜色的宝石组成了梦幻般的花卉和景致。

大厅的穹顶是青铜的天空，一轮黄玉雕成的太阳，闪耀着夺目的光辉；绿玉树在翡翠水面上映出一片绿阴；橄榄石的翠绿草丛之中，处处可见一朵朵形形色色的宝石制作的宝石花，有黄的、粉的、红的。

皇帝宝座后面的墙壁，清一色地镶嵌着一块块绿宝石，它们不同的深浅色泽构成了复杂的花纹。这堵墙名为‘绿宝石壁’真是名副其实；一条走廊把它和主墙隔开，走廊里灯火通明，光线透过绿宝石，产生了一种非凡的色彩效果。

皇帝早已提前得知造反的消息。他希望在接见仪式结束之前就平定叛乱，恢复圣山的秩序，因此故意拖延时间，不能让前来觐见的各国国王知道奴隶造起反来了。地面上的任何声音都难以传到宝石大厅里来，要封锁消息并非难事。

但是，起义军突然闯入了这个隐蔽的场所。

从护城河边战场上撤下来的部队还没有来得及赶到山上的战线，阿季什尔纳—古安奇和独眼龙已经攻占了王宫。隔壁大厅里传出了刀剑撞击的铿锵声。突然间，全副武装的奴隶涌进了宝石大厅。国王们的侍卫和国王们自己只好拔剑迎战。

只有古安—阿塔古耶拉干依旧像尊塑像似的一动不动，傲然高高端坐在宝座之上，观看着这场厮杀。其实他的内心极为紧张。宫庭卫队和国王们拼命抵抗，困兽犹斗，但他们的人数每分钟都在减少。死神已经直逼亚特兰蒂斯皇帝……

就在王宫最后一批卫士倒下去的瞬间，亚特兰蒂斯皇帝突然灵机一动，想出了个大概能逃命的法子。他也有过宁为玉碎不为瓦全的想法，不失亚特兰蒂斯皇帝的体面。但逃命的欲望使他顾不上什么皇帝的面子了。他顺着宝座的阶梯飞跑而下，抽出沉甸甸的青铜宝剑，紧紧握住镶满钻石的剑柄，用力一挥，劈开了绿宝石墙。

又劈了几下，墙上出现了个洞口。大块的绿宝石就像豌豆一样在拼花地面上滚得哪儿都是。皇帝扑进洞口。几个奴隶急忙追踪而来。

突然，一个奴隶发现了一粒粒巨大的绿宝石，就弯腰在地上大把大把地抓起来，不断往嘴里，往铠甲里塞，他绊倒了其他飞跑过来的奴隶，一大堆人把洞口堵住了。

皇帝跑掉了……

怒气冲天的独眼龙跑到堵在破壁前的奴隶跟前，痛打起他们来。阿季什尔纳—古安奇挥舞着青铜剑叫大家维持秩序，但无济于事。见敌人已经不多，成群的奴隶就各自散开，纷纷跑到宫里的各个大厅连抢带夺去了。仓库里找到了很多盛着美酒的双耳大酒瓶。饱受酷暑和鏖战之苦的奴隶们直接把酒倒在凹形的盾牌里，贪婪地大喝起来，转眼间就一个个醉卧在地……

## 十三　奴隶起义的完结

祭司们一得知奴隶造反，就都钻到一个金字塔里商讨对策。他们在这儿十分安全。一条条隐秘的地道把皇宫和金字塔连接起来，祭司们能随时通过仆人了解到外边战斗的进程。

尽管祭司们给军官们下令，命他们立即把起义镇压

下去，但从地上传来的消息却没办法叫人心宽。

正在进行的这场战斗，结局谁胜谁负难以预料。亚特兰蒂斯周围处处都有重兵驻扎。用这些军队把起义镇压下去并不困难，但现在就是多打上一个钟头也会使祭司们蒙受巨大损失：一方面奴隶们破坏了他们的宫殿，另一方面奴隶是他们的“动产”。这些有生命的货物在“滨海市场”还能卖个不赖的价钱呢。

直到太阳快下山的时候，政府军才取得了彻底的胜利。独眼龙和阿季什尔纳—古安奇的部队被压迫到山上，钻进林子里作鸟兽散了。独眼龙当场被打死在王宫里，他的尸体被“尼普顿”的士兵们剁成了碎块。阿季什尔纳—古安奇则下落不明。

亚特兰蒂斯的士兵把奴隶们的主力消灭之后，就转而向拼命鬼和阿克萨—古阿姆的残部进攻，奴隶们被压迫到护城河边，一个个落到河里淹死了。

以拼命鬼为首的一小批人像被激怒的狮子一般死守桥头，掩护撤退。

最后，拼命鬼被刺穿喉头倒下了。圣山已被肃清。只剩下零零散散的奴隶，被士兵们像丧家犬似的赶进院子和死胡同里宰掉了。

阿克萨—古阿姆的手上和头上都受了伤，他和拼命鬼的队伍被冲散了。

他奋力抵挡着士兵的猛攻，一步步退到大祭司阿茨罗—沙努宫殿的青铜墙跟前，后背紧贴到一扇狭小的青铜门上。

由于失血和疲乏，阿克萨—古阿姆头昏眼花。他仿佛是在梦中一样，机械地挥舞着青铜剑，抵挡标枪袭击。

突然，他身后的小门意外地打开了，他险些跌了个仰面朝天。他还以为自己落入了什么陷阱，转脸一看，原来是阿茨罗—沙努的徒弟——克里茨纳站在面前。克里茨纳扶住他，抓住他的手，一把将他拉进了门里。这时有个士兵紧跟着也猛扑过来，克里茨纳从阿克萨—古阿姆软弱无力的手中抽出宝剑，向那个士兵的头上砍去。这个士兵倒下了。但后面又冲上来一个士兵，他的长矛刺穿了克里茨纳胸膛。

“把门关上！”克里茨纳刚喊完，就满身鲜血地倒下了。

阿克萨—古阿姆砰的一声关上了铜门，插上了沉重的青铜门闩。

他俯下身来看克里茨纳。克里茨纳的眼睛已然暗淡下去，鲜血从他胸部的伤口和嘴里汩汩淌出。

“我要死了……这更好……全是谎言和欺骗……生活是一场骗局……”他断断续续地沙哑着说道，“别管我了……快跑吧……”

克里茨纳的头一歪，跌落在地，他的整个身体微微抽搐了一下就不动了。

阿克萨—古阿姆在花园里慢慢走着，他没有想到逃跑……他什么都没想，他的身体已经筋疲力尽，精神也彻底崩溃了。

墙外传来不断远去的厮杀声、喊叫声和呻吟声。

但这儿却和往常一样，平静祥和。

夕阳如火，棕榈树像扇子一样叶子的叶梢好像也着了火。花儿散发着芳香。树枝翠绿的叶子之间，有几只爪子上系着细金链子的粉白间杂或绿中掺红的鹦鹉，一边翻着斤斗，一边鸣叫。

“早安，阿茨罗—沙努！”一只鹦鹉冲着阿克萨—古阿姆的背影含糊刺耳地叫道。

阿克萨—古阿姆顺着一条铺着黄沙的小路信步走去，小路两旁长满了盛开的白色百合花和晚香玉。它们浓烈的甜甜香气，使他昏然欲醉。

一棵大橙子树的枝头上蹲着一只驯养的猴子，正在全神贯注地剥着一个熟透了的多汁大橙子的皮。它一见阿克萨—古阿姆，便立即又摘了一个橙子，嘲弄似的尖叫一声，把橙子朝他掷了过来。橙子像个金黄色的小球骨碌碌地滚过黄沙小路。

阿克萨—古阿姆突然想起，从昨天起，他还一口东西没吃过呢。

他捡起橙子，有滋有味地吃起香甜多汁的果肉来。猴子跟在身后，不知道嚷了些什么，也许是在说它的猴语吧。

他情不自禁地笑了起来，向着猴子点点头；猴子竟然也颇为有礼地点头作答。说来也怪：阿克萨—古阿姆仿佛觉得心里轻松了些。

他走到大理石水池旁，脱掉了那副沉重的盔甲，在凉爽的泉水里洗了个澡。他的身上只剩下一件胸前用金线绣着一轮太阳的短短的黑色祭司服，他觉得自己现在挺轻松自在，便惬意地躺到绿草地上，让浑身上下疲倦到极点的各个器官都放松一下。

“如果伤口不痛，一切就都不坏啦，”他暗自想道。

一种甜蜜的倦意控制了他的全身，他不由自主地闭上了眼睛，打起瞌睡来。

突然之间，仿佛有什么东西推了他一下似的，他醒了，急忙坐起来。

阿塔！不知她怎么样了？……他怎么会那么久没有想起她来呢！

阿塔曾央求他，要和他一起去战斗。

“我们许多女奴都武装起来了，正冲向圣山，决心要么就牺牲，要么就亲手夺取胜利……我不能留在家里……我身强力壮，我要和你在一起……”

但是他始终坚持己见。说服她留下了来，他说，如果她和他一起并肩上了战场，一想到她的生命受到威胁，就会分心，这样只会加速他们自己的死亡，还要影响到起义大业。

昨天夜里，阿塔噙着眼泪在老矿井里和他告了别……

“她怎么样了？……她会不会出来找我呢？亚特兰蒂斯的士兵会不会把她杀了呢？”

他一跃而起，拔脚沿着小路飞快地走去。他爬过一道围墙，开始下圣山。

最短的路是打他亡父的宫殿旁经过。

阿克萨—古阿姆犹豫片刻，就毅然迈步沿这条道走去。路上的奴隶已全部被消灭了，不时能碰上士兵们的队伍。圣山知道他参加起义的人并不多，他又穿着祭司等级的服装，所以一路上畅通无阻。

当走近父亲的宫殿的时候，他不由放慢了脚步。

宫殿的一面朝着道路，隔着青铜围墙，可以看到一根根粗大的廊柱兀然竖立。

突然，阿克萨—古阿姆站下不动了。他几乎停止了呼吸。他的母亲站在一扇窗户旁，披散着一头花白的乱发，瞪着两只失去理智的眼睛。她认出他来，就伸出手臂，用手指点着他歇斯底里地哈哈大笑起来。

“就是他！……就是他！……”她大喊着，“蛇崽子！蛇崽子！你把你父亲的头藏到哪儿去了？阿故沙特采要那个头……他要做木乃伊。难道木乃伊能没有头吗？……把你父亲的头交出来！……把头交出来！……"

两个女奴一人架住她的一只手臂，从窗户旁边把她硬拉走了。

阿克萨—古阿姆捂住耳朵，急忙跑远了，但母亲的叫喊声还一直在他耳边回荡：

"把你父亲的头交出来！……"

一直跑到护城河桥前，他的心才稍稍平静一点。

可怜的母亲呀！……父亲的头……它留在老矿井里了……祭司的头……阿克萨—古阿姆甚至都不清楚，它是不是已经入土……

## 十四　阿塔之死

黑城中的风波还没有平息下来，成群的奴隶挤满街头。亚特兰蒂斯的士兵已经停止追击奴隶。圣山上的奴隶已被消灭干净，其余奴隶留待以后惩罚也不迟。

在一个有两条道路交叉的宽阔广场上，有个奴隶认出了他：

"快来看呀，是他！就是他！他就是阿克萨—古阿姆。他是奴隶的皇帝！"

“叛徒！”

“软骨头！”

人群把他团团围住，石块纷纷落到他身上。

气急败坏的妇女们冲他伸出拳头乱喊乱叫：

“还我死去的丈夫！”

“你害死了我的儿子！”

“我的兄弟在哪儿？”

一个色雷斯人[1]奴隶一下子跑到阿克萨—古阿姆跟前，把他打倒在一大堆碎石上。然后把他按在石子堆上，把自己的红色尖顶帽套在他的头上，并高声喊道：

“给奴隶皇帝加冕！”

人群越围越紧，石块冰雹般落在阿克萨—古阿姆身上。他血迹斑斑，脸色苍白，头上顶着红色尖顶帽，视而不见地望着人群。

“光看看他有什么用？”一个手握长矛的柏柏尔[2]族奴隶说道：“难道他身体里面流着的不是我们敌人的血液吗。你们给我闪开！”

奴隶们退到一旁，这个柏柏尔族奴隶举起长矛对准阿克萨—古阿姆的胸膛刺去。

就在长矛投出的那一刹那间，从人群中传来一声妇

---

① 色雷斯人，巴尔干半岛的古代居民。——译注

② 柏柏尔人，北非部族。——译注

女的绝望的惨叫——一个人的身体扑到了阿克萨—古阿姆和飞过来的长矛之间。

长矛穿透了年轻女人的胸膛。

这是阿塔。

她回过头来对着阿克萨—古阿姆，只来得及说出几个字：

“我的生命……”血从伤口和嘴里喷出来，阿塔说不出话了，只发出沉重的喘息声。

“阿塔！”阿克萨—古阿姆大叫一声。但是他浑身瘫软，一下子就去了知觉，从碎石堆上滚落下来，跌倒在阿塔的尸体旁边。

阿塔的意外死亡使激愤的人群一下子静了下来，急忙往后退去。

不过，那个柏柏尔奴隶随即气极败坏地叫了起来，他原以为会一投即中，事后也好吹嘘一番，没想到被人给挡住了。他高声喊道：

“他又害死一个女奴！他罪该万死！”说完就又向阿克萨—古阿姆扑过去，有几个奴隶紧随其后。

“站住，你这条疯狗！”突然，就像从地下钻出来一样，古阿姆夫老头冲出来用身体挡住了阿塔和阿克萨—古阿姆。

几个奴隶窘迫地站住了。黑城里人人都认识古阿姆夫老头，而且都尊敬他。

“走开，老头！”那个柏柏尔族奴隶底气不足了，他放低了嗓门说道。

“你们是人还是禽兽？”古阿姆夫老头给了他一句。“你们还嫌血流得少吗？那就把我这个老头也宰了吧！”

古阿姆夫又对着他说：

“什尔纳，攻打圣山的时候，你在哪儿呢？凡是在圣山打过仗的奴隶，没有一个会举起手来打阿克萨—古阿姆：不管他是什么人，他和我们并肩战斗过，而且和最普通的奴隶一样，为我们不惜献出自己的生命。什尔纳，你是打哪儿捡到这杆长矛的？你想用它杀死阿克萨—古阿姆，结果却杀死了我的孙女。是战斗过后打路上捡来的吧？我知道你和你们那一伙儿。当我们受压迫的时候，你们给工头溜须拍马，出卖自己人。我们打仗的时候，你们怂恿别人去拼命，自己却躲在家里坐山观虎斗，看哪边胜了，就向败的那一方尥蹶子，跟着打落水狗。要是没有你这样的人，我们的日子兴许还好过些。就凭你也配来审判失败者？”

柏伯尔奴隶无言可对，急忙从人群中溜走了。

“你们听着，奴隶们！阿克萨—古阿姆失去了父亲，”老头儿接着说道，“他的母亲也已经疯了，他心爱的姑娘就躺在你们面前，胸膛上插着一支长矛。他已经走投无路，能回圣山吗……”

还没有等老头说完，人群突然急忙向后退，纷纷向矿坑跑去。在大道上，一队从圣山方向来的骑兵正在慢慢开过来。没过5分钟，整个广场已是空旷无人了。只能听见青铜做的马掌踏在石板路上的嗒嗒声和武器撞击发出的叮当声。

不可一世的亚特兰蒂斯士兵以胜利者的姿态缓缓通过广场，对碎石堆旁的那一小堆人甚至连瞧都没瞧上一眼：沿途的死尸多了，至于一个糟老头子，那就更不屑一顾了。

万籁俱静，夕阳下只有一群绿豆蝇闪着蓝莹莹的光芒，叮在阿塔裸露的伤口上嗡嗡作响。

古阿姆夫把阿克萨—古阿姆拖到路旁，又把阿塔的尸体藏到灌木丛里。

阿克萨—古阿姆恢复了知觉。

古阿姆夫温和地把手放在他的肩头。

“你用不着生他们的气，”他把手朝矿井那边一挥说道，“又得套上枷锁受大罪啦……你还记得不？你当初刚一提到奴隶解放的时候，我自己也生过你的气。这种事什么时候能到来？能到来吗？也许，过几千年后会有那么一天，到那时我们的星座高升，我们的创伤就能治好。但是，那个时候就没有我们了，兴许那时候连亚特兰蒂斯都会连影儿都不见了呢……也不会有人知道，我们曾经为奴隶的解放奋斗过，曾经向几千年后比我们生活得更幸福的人们表示过祝愿……”

“我想喝水……”阿克萨—古阿姆嘶哑地喃喃说道，伤口疼得他开始呻吟起来。

## 十五　在劫难逃

皇宫的“青铜大厅”内，上院正在开会。

青铜大厅的墙壁全部用青铜片镶嵌，青铜上的浮雕描绘了亚特兰蒂斯历代皇帝的丰功伟绩。浮雕下面的墙上挂满了亚特兰蒂斯人的各种青铜兵器：从加工粗劣的最古老的斧头，到打磨得镜子般亮晶晶的最新制造的刀剑铠甲，应有尽有。整个大厅简直就像个博物馆。上院的全体成员，除大祭司阿茨罗—沙努之外，全都到齐了。

皇帝也没再等他。他高高地坐在青铜宝座之上，上院成员坐在摆成半圆形的安乐椅上。皇帝宣布开会。

“以太阳之名义，我们愿……”

“亚特兰蒂斯发生了前所未闻的事件，造反的奴隶竟然企图谋害朕之神圣生命。朕的国宾和属国国王尽丧命贱民之手，只有阿苏尔国王紧随朕后免遭横死。朕之爱弟，亚速尔国王因身体欠安未莅皇宫，亦得以幸免。

“最可耻的是竟有一个祭司子弟参加了造反，他老子为这个逆子而掉了脑袋……造反的罪魁祸首有阿克萨

—古阿姆——愿众神的怒火降罪于他，还有奴隶阿季什尔纳—古安奇。难道他们都钻到地下去了吗——为什么到现在还没有抓到他们？这是谁的过失？克特查利—科奥特利！”

军事长官耷拉下脑袋。

“一定能抓到他们……最最最伟大的……”

“在太阳3次落到狮子崖后之前，如果他们还是活不见人，死不见尸的话，克特查利—科奥特利，那你就别想再看到第四次日出了。”

“至于奴隶……”皇帝盛怒之下甚至失态地从宝座上欠起身子，也不管什么尊严不尊严了，“朕之天威无涯，朕要让贱奴世世代代记住，亚特兰蒂斯皇帝的怒火是怎么回事！朕要把他们斩尽杀绝；要对他们严刑拷打，就连大地也会为之发抖；朕要下旨从属国征集新奴隶！现有的奴隶注定要统统死掉，全部杀掉，一个不留……”

克特查利—科奥特利心事重重地咳了一声。

“陛下息怒，最最最伟大的……几乎所有的奴隶都已逃离黑城……他们溜得太快，连桶里发着酵的面都顾不上要了。他们都钻了林子……剩下来的全是老头儿、老太太和孤儿了……”

“亏你还是条老狗，连跟踪野物都他妈的不会……你这是叛变。你们全是叛徒和阴谋家！赶快把森林包围起来呀!”

“已经包围了!”

“带上猎犬，把条条小道都搜遍! ……”

“正搜着呢，已经抓到许多。”

“把他们像野兽那样统统杀掉! 让他们的鲜血洒满整个亚特兰蒂斯!”

大厅里有了动静。

神庙的4个执事小心翼翼地抬着大祭司阿茨罗—沙努坐着的黑肩舆进来了。

大祭司被人搀着手臂，从肩舆上慢慢下来，向皇上请安之后，就走到自己的座椅前。但他并没有坐下，却面对着皇帝说道:

“最最最伟大的强盛无敌的亚特兰蒂斯神佑之主! 我这衰老的胸膛因忧思而欲裂，泪水快把眼睛流瞎，我的舌头也已不再听我使唤……但是永生的神命我来告知陛下，一场大灾大难即将降临亚特兰蒂斯。呜呼哀哉，呜呼哀哉……吾等在神面前人人有罪，因此神之怒火必将降罪于吾等……”

古安—阿塔古耶拉干的脸色一下子变得煞白。

“快说呀，究竟是怎么回事?”他嗓子发闷地问道。

“亚特兰蒂斯已注定毁灭……亚特兰蒂斯注定毁于……可怕的地震。烈火将把它烧光。昨夜众神昭示于

我，亚特兰蒂斯的毁灭已经注定。太阳神披挂着熊熊烈焰，一副威严的武士模样出现在我的面前。他的衣服就像熔化的青铜，脸上的光芒使人炫目。他对我讲：‘拯救你们的灵魂吧！……拯救你们的灵魂吧！现在还为时不迟。因为一切都将毁灭，没有一个生灵会得以幸免。烈火要把一切烧尽，大洋将吞没整个亚特兰蒂斯。高山如今所在，只有波涛阵阵。就连对于亚特兰蒂斯的记忆，也将随着岁月交替而被人们遗忘……”

阿茨罗—沙努像一个预言家那样，危言句句，侃侃道来。字字句句，令人心冷如冰……

皇帝把身子向后一仰，哆哆嗦嗦扶住宝座的扶手，半合上双眼，他的面孔一阵抽搐。

“你在胡诌，你这个糟老头子！……你们个个都在扯谎！……我不相信你们说的！你们这是在吓唬我。还不是因为我把你们的岁入给削减了！”

“什么也救不了亚特兰蒂斯！众神愤怒的可怕日子就在眼前了！”阿茨罗—沙努叫道。

就像是要证实这一预言，地下突然涌来一股强烈的冲击波。

油灯上的火苗纷纷落地，其中有的熄灭了。青铜兵器叮叮当当地落到地上；一把把安乐椅和皇帝的宝座也摇晃起来；主墙震耳欲聋地咔啦一声巨响，裂开一条大缝；从门口开始，出现了一条贯通全部石板铺设的地面的大裂口，裂口由宽变窄，一直延伸到皇帝宝座跟前。

皇帝毛骨悚然地看着这条像蟒蛇一样爬过来要吞掉他的裂缝。

从外面传来了惊恐万状的女人孩子的哭叫，但在大厅里却是一片静得令人窒息的沉寂。

在这为时极短的瞬间，人的全部生活来了个天翻地覆，他们只能听天由命。事情发生得这样突然，这样非同寻常的怪异，大脑甚至连想都不想理解它到底是怎么回事了……

皇帝像是受了催眠，眼睛死死盯着那条狰狞可怖的裂口，连一个字也说不上来了。

第二次震动又开始了，墙上还没掉下来的那些武器发出了清脆的碰撞声，青铜油灯上水晶吊坠儿也叮叮当当响起来……

皇帝从宝座上站起来，丝毫不顾尊严地快步跑到窗口，想让头脑清醒一下。一阵风送来大洋上带有咸味的清新气息。

皇帝俯瞰着圣山山脚下亚特兰蒂斯的点点灯火。

“不幸的亚特兰蒂斯……”皇帝喃喃重复着阿茨罗一沙努说过的话。

呆若木鸡、失魂落魄的皇帝终于转身面对与会的人。他用戴满宝石戒指的手指弹了一响，把祭司们的视线吸引过来，然后问道：

“现在究竟怎么办？……”

上院的成员们从座椅上站了起来，吵吵嚷嚷地凑成一堆，会议的庄严气氛顿时烟消云散。他们谁也不听旁人说什么，只顾挥舞着双手，恨不得把想说的话一下子全都倒出来。只有阿茨罗—沙努始终十分镇静。

“安静些！”他说道，“真可耻！你们不是下贱的奴隶！如果连我们都失去了冷静，还有谁来考虑补救的办法？”

人们全安静下来，他们感到难为情。

“对亚特兰蒂斯我们当然是回天乏力了，”大祭司接着说道，“该想想的只是补救办法。唯一的办法只有逃走。现在连一分钟都不能再耽搁，应该立即准备出发；我们要随身带上武器，带上军队——这是首要的头等大事，因为我们想要再造辉煌，他们是必不可少的……许多朋友将和我们绝交甚至变成敌人。我们还要随身带上金银财宝、家畜、粮食和种子。但我们现有的舰队只够运送军队的……至于运送圣山的居民和自由民，还得建造新的巨型海船。因为在海上会遇到狂风暴雨，所以建造的大船必须经得住惊涛骇浪！……得立即动手。每一分钟都非常宝贵……”

“可是，什么人来建造大船呢？什么人来做这些动身前的苦工呢？奴隶们都跑了，”孔季纳沙尔说。

“应当把奴隶们召回来，”阿茨罗—沙努答道，“应当对他们宣布大赦，安排他们干活。”

“没门儿！”皇帝愤怒地叫道。“赦免暴乱分子？赦免弑君的人？永远不行！活儿我们叫士兵们来干！”

“士兵们自己的事儿够多的了！”克特查利—科奥特利居然也不再俯首帖耳，敢反对了。“再说……我的那些士兵？他们还能干得了木匠活？士兵只会舞刀弄剑，要叫他们学会新手艺，那还得老长时间呢。”

“现在不是报仇的时候……”阿茨罗—沙努说道，“我们没别的路可走：要么赦免奴隶，要么就和他们同归于尽。”

“宁可死亡，也绝不赦免！”皇帝死不改嘴。

“那怎么办呢？陛下的意志是神圣的，我们就准备完蛋吧，”阿茨罗—沙努从长长垂下的眉毛里诡诈地瞥了皇帝一眼，说道。

“但是……朕来得及脱险，”皇帝扭扭捏捏地说完，马上住了口。

“当然，陛下可能来得及。不过，如果陛下身边没有了军队、祭司、武器、备用品和黄金会怎么样呢？陛下就是一棵随风飘摇的芦苇而已。”

皇帝犹豫了。

“是这么回事……”阿茨罗—沙努暗笑着继续说道，“陛下一心要报仇，奴隶们就是在劫难逃。我们就是保证了赦免他们，也碍不着我们只带着路上和将来到了新地方用得着的奴隶。其余的都留下来，到最后关头，我们再答应要回来运送他们。陛下可以相信，众神的怒火势必降临此地，那比克特查利的刀剑还要靠得住。没有一个人能幸免……等到了新地方安顿下来之后，弄到了新的奴隶，就可以把从亚特兰蒂斯带去的叛乱者统统杀掉。这样难道不好吗？……”

皇帝皱着眉头，咬着牙说道：

“朕就答允了！……克特查利！向所有的森林派出信使，以朕的名义宣布皇帝的大赦诏书。”

## 十六　飞　龙

亚特兰蒂斯的城市和村庄都派去了信使。各地神庙前的广场上响起了这些信使报告灾难降临的青铜号角的呜呜声。信使向惊慌失措的人群大声宣告：

“众神震怒；亚特兰蒂斯已注定毁灭！……皇帝下旨诏示全体居民集体自救……我们应该赶紧准备好逃难！……”

波赛冬尼斯全城如同受惊的蚁巢。人们吓得脸色苍白，像遇上大火似的在街上东奔西闯。共同的灾难使人们消除了等级隔阂而亲近起来，不同等级和互不相识的人都彼此呼唤应答：

“听说了没有？”

“听说了，真可怕！……”说完就往各个方向跑了。

看来，整个亚特兰蒂斯都已六神无主，人们把自己的东西折腾来折腾去，扔掉贵重的财物，收起不需要的东西，废寝忘食地瞎忙一通；有的人耳不闻口不言地木然呆坐，宛如一尊尊雕像；女人们紧紧把孩子搂在胸前，号啕大哭。就这样几天过去，圣山才把工作纳入正轨。

愁眉苦脸的奴隶尽管不相信“皇帝大赦”，还是走出森林回来了。他们没有别的出路。毕竟有一小部分奴隶没有回到黑城，他们有的不相信亚特兰蒂斯一定会毁灭，有的是宁死也要自由，不愿回来重做奴隶。

迫在眉睫的危险仿佛使人的力量骤然增加10倍。人们夜以继日地工作着，只是在打盹和吃饭时稍停片刻。

在通向森林的条条山路上，大车就像一条条连续不断的带子，把造船所需木材源源不断地运到船坞和造船场。在路上时而有人和牲口倒毙，他们被拖到路下，清除路面障碍之后，一切又火烧眉毛似的急急忙忙地进行下去。

造好的大船上装满了兵器、家什和动物——不仅有家畜，还有野兽：亚特兰蒂斯人想尽量保留一切能使他们在异地他乡回想起自己太阳故国的东西。每一个亚特兰蒂斯自由民可以携带家畜家禽 7 对和野兽 2 对。

一个个新建成的船坞里停满了几千条正在建造之中的船只；为了躲避将来会遇到的狂风暴雨，这些船上的甲板全加了顶篷。

在紧张狂热的工作之中很快就觉察到，第一批离岸的满载海船只能运走亚特兰蒂斯在几千年间积累起来的巨大财富中微不足道的一点儿。皇室和祭司们的宝库仿佛无穷无尽。于是作出决定，首先要运走的只限于最贵重而又不太笨重的东西。万一灾难降临的时间推迟，其余财物可以慢慢运走。但是，人们对此并不寄予太大的希望。就是把贵族等级无计其数的财富首先运走一小部分，也得把所有的奴隶和一部分亚特兰蒂斯自由民扔在岛上等死。为了避免骚乱和暴动发生，圣山向全体居民信誓旦旦地保证，所有居民直到最后的一名奴隶，都将在大难临头之前全部撤走。

终于，皇室的金银细软全部装船完毕。皇室成员全都聚集到皇宫准备登船。只短了谢莉一人，她还被禁闭在鹰巢里。派人去找她了。但派去的人惊惶地回来了：谢莉不在鹰巢里。

这消息使她的未婚夫阿苏尔国王大为伤心，而古安—阿塔古耶拉干则勃然大怒。他对自己的女儿和阿苏尔国王的婚姻寄托了极大的希望。现在的亚特兰蒂斯国王特别需要这个强大属国国王的友谊和援助！唉！他还会臣服吗？恐怕是跟他保持友好关系都大成问题了……

国王立即叫人把谢莉的保姆查老婆子带上来审问。

她出现在怒目而视的皇帝面前，深深地弯下腰，一边抽泣，一边扯过斗篷的衣襟擦着眼泪。

“谢莉在哪儿？”皇帝厉声问道。

“最最最伟大的皇帝！……”查说着就跪倒在地，“别对你的女奴发威……我没有错……我看着她就像看着我的眼珠子一样，但是，昨天夜里，一条长着翅膀的龙从山上飞落下来……它的翅膀像蝙蝠，爪子像狮子……鼻孔里冒着烟，嘴巴里喷着火……谢莉正在凉台上乘晚凉。突然，那条怪龙用爪子一下子抓住了她，把她带到空中……我只来得及揪住谢莉的披风……怪龙就连我也带到了空中……但是披风从谢莉的肩头滑落来，我就跟着披风一齐跌到了地上……这就是谢莉留下来的……”接着，查就把谢莉那件绣着银百合的蓝绸披风扔到了国王脚下。

大家听了这段叙述都大吃一惊。只有国王狐疑地望了望祭司们。

“你有什么想法，孔季纳沙尔？”

“最最最伟大的皇帝……我不知道该怎么说。谢莉逃走是不可能的……可能是有人把她劫走了……。”

国王沉吟不语。倒霉事一件接着一件……难道神真因为他跟祭司们发生龃龉而惩罚他吗？……死要面子和恐惧在他心头较量。最后恐惧占了上风。

“听天由命吧！……”说罢，他转身朝着祭司们开口道：“你们向众神祈祷祈祷，求他们息怒，不要让他们的怒火对我们穷追不舍……而朕……朕将尽一切所能……朕要恢复你们的权益！……船在等候我们。但是，我们走后还要叫人继续寻找谢莉。也许，我们还能把她救回来……”

于是，他重重叹了口气，对奴隶们叫道：

“肩舆！……”

亚特兰蒂斯的最后一个皇帝，坐在摇摇晃晃黄金肩舆上，下了圣山，一去不回头了……

## 十七　“黄金时代”

阿克萨—古阿姆身体康复得很慢。他在谵妄中总是提到起义的事。

终于，高烧退了。

“怎么样了，孩子，活过来啦？”古阿姆夫老爹亲切地问道。

阿克萨望了望四周。他躺在老矿井里。入口那边可以看到微弱的光线。

“3 个星期之前我就把你藏到这个老鼠洞里来了，你们的那些密探一直在找你。一开头真是危险得很。不过，现在他们操心的事太多了，顾不上你啦。阿季什尔纳—古安奇来过这里。是偷偷地来的。叫咱们到树林里去，说他们那儿好得很呢！……”

阿克萨—古阿姆体力刚一恢复，就去找阿季什尔纳—古安奇了。古阿姆夫给他带路。

深夜，他们穿过一株株像神庙的廊柱一样高高耸立的巨大树干之间，沿着一条秘密小道前进。很久以前，像这么粗大的树干也曾被砍去充当廊柱。现在它们用来造船。

“咳，我的这个孙子真是胆大包天！竟然想出了那样的高招儿……待会儿你自己就看到了！”古阿姆夫老爹絮絮叨叨地说着，咧开没了牙的嘴巴笑着。

在许多树干之间的一个山洞附近，燃烧着一堆篝火。当两个行路人走近一点的时候，他们看到正用铁叉在篝火上烤岩羊肉的阿季什尔纳—古安奇。

“哟嗬——嗬！”古阿姆夫老爹吆喝了一声。

阿季什尔纳—古安奇一跃而起，拔出了短剑。等看清了是阿克萨—古阿姆和祖父时，便连忙奔过来迎接他们。

阿克萨—古阿姆友爱地跟他打了招呼。

突然，从山洞里走出来一个女人，她是听到有人说话才出来的。

阿克萨—古阿姆看了她一眼，不由惊奇得身子一晃，这太出乎意外了。

“公主！……谢莉！……”

“对，是她，”阿季什尔纳—古安奇说。“我的妻子！……”他又欢喜又羞赧地补上一句。

“您为什么到这儿来的呢，谢莉？……”

大家围着篝火坐定，阿季什尔纳—古安奇就向阿克萨—古阿姆详述了“飞龙”劫走谢莉的经过。

这条“龙”就是阿季什尔纳—古安奇本人。他下了决心无论如何也得把谢莉抢走。他想从王宫的地道进入鹰巢，可惜未能成功。于是，他决心冒险采取最后一招。他弄来一根缆绳，把它在鹰巢上方的峰顶系牢，然后就攀着绳子想下到谢莉的凉台上。结果缆绳的长度不够，离着凉台还差大约两肘高。阿季什尔纳—古安奇又折回头攀着缆绳向上爬了一段，用绳梢拴住自己的脚，自己便头朝下倒悬着伸出两臂，恰好能拽到谢莉的双手。谢莉经常锻炼身体，所以既有劲又灵活，自己就攀着绳子爬到悬崖顶上，阿季什尔纳—古安奇也跟着爬了上去。怕保姆受国王的迁怒，阿季什尔纳—古安奇便连嚷带叫地教了她一个“飞龙”抢劫公主的说法。

“我就这样摘下了黄金花园里可望不可即的玫瑰，”

他讲完之后，开心地看了谢莉一眼。

阿克萨—古阿姆当然不懂最后这句话的意思，但谢莉对阿季什尔纳—古安奇报以温柔的一笑。

古阿姆夫老爹晃了晃身子。

“好啦，孩子们，我得走了……查莉娜大概早就唠叨上了。常来看看我这老头儿吧！等那些船全都离岸之后，你们就下山来。这里好倒是好，可也够冷的……祭司们说，亚特兰蒂斯要毁于大火。可我对他们的话就不那么相信！等着瞧吧，轰隆隆响上一阵，再晃荡一阵，事情不就过去了吗。我这一辈子经历的地动还少吗！大地结实着呢。相信我老头子吧！……愿神保佑你们！……”

接着，他就消失在黑暗的密林中。

阿克萨—古阿姆在邻近的一个山洞里住了下来。

不过，他看着这对儿幸福的人儿，心里实在不是那么好过。一看到阿季什尔纳—古安奇和谢莉，他的伤口——失去阿塔的创痛——就更加疼痛。

他成天出去打猎，竭力在奔忙之中忘却一切。

陶醉在自己的爱情之中的阿季什尔纳—古安奇和谢莉，非常赞成阿克萨—古阿姆借狩猎排遣忧闷。有阿克萨—古阿姆保证他们的食品供应，他们便可以一刻也不分离了。他们俩进入了“黄金时代”，你恩我爱，根本不去想什么会不会有灾难降临。

四周是未经人类开发的旷野。向远远的山下望去，可以看到玩具一般大小的伟大的波赛冬尼斯城；再远处，就是天蓝色的大洋了。

清新的山地空气中充满了苦艾草和针叶树散发的清香。附近的常年积雪缓解了暑热。

日出的景观尤为令人赞叹。百鸟齐鸣，朝霞绯红，太阳的万丈光芒照在起伏的波涛之上，宛如一条条黄金的河流在大洋上面流淌，夫妻俩看得如醉如痴，不由面对冉冉上升的旭日跪倒在地，高举双手，唱起太阳颂歌。这并不是对太阳的虔诚的宗教崇拜，而是世界的雄浑壮美自然激发的欣喜……

不一会儿，疲惫不堪的阿克萨—古阿姆肩上扛着新猎得的野禽、岩羊和剥下的兽皮回来了，他的身上时常弄得血迹斑驳。

烤肉发出阵阵令人馋涎欲滴的香味，阿克萨—古阿姆讲着自己在狩猎时遇到的件件险情……

时光一天天不知不觉地过去了。

他们的“黄金时代”仿佛永无尽头。

然而灾难自己并不愿意不宣而至。

就在火山爆发的前几天，森林中的生活出现了一些异常。鸟儿倾巢而出，惊惶不安地叫着，一群跟着一群向大洋方向飞去。地下钻出一条又一条的蛇和大蜥蜴；好多条蛇咝咝作响地绞成一团，向山下滚去；树木之间不断蹿出岩羊、狐狸和大野兽；岩羊咩咩哀鸣，猛兽咆哮不已，它们全都朝着一个方向——向山下跑去。连安分守己的林中隐士大象，也横冲直撞地踩倒一棵棵树木，发出喇叭声一样的狂叫，落荒而逃。

空气中有时会异乎寻常沉寂下来，这是那种能使神经质的人感到万分紧张，常在巨雷炸响前的一刹那出现的沉寂。只有大地依旧岿然不动。已经有好几天的时间没有感到地面有任何轻微晃动了。然而，一种莫名的不安却始终笼罩着森林里的居民①。

阿季什尔纳—古安奇和谢莉劝阿克萨—古阿姆不要去打猎了。

"没关系的！"阿克萨—古阿姆回答说，"今天正好打猎！你们看，岩羊一群一群地跑来啦。再会！我一会儿就回来！"于是他精神抖擞地朝树丛走去。

阿季什尔纳—古安奇和谢莉忧心忡忡地目送他走远。

阿克萨—古阿姆一走到林中空地的边上，便诧异地

① 不仅只是飞禽走兽，就是某些人也能本能地感觉到火山爆发的灾难将临。——拉里逊注

停下了脚步。整片空地都被团团乱转的一群群的岩羊占满了。他选中一头猎物，正要把标枪投出去，就在这一瞬间，猛然一下剧震把他摔倒在地。所有的山羊也齐刷刷地全部倒地，但马上它们又跳起来，可怜地咩咩叫着，飞快地朝山下跑去。

巨震之后，随即传来惊天动地爆炸声。人的耳朵几乎已经无法辨别这究竟是什么声音了。阿克萨—古阿姆只觉得自己的两只耳朵好像是被狠狠地猛击一记。他又摔倒在地，几乎晕了过去。

他躺在地上，只见群山的最高峰上腾起一股巨大的烟雾和蒸汽。火山的喷口发出震耳欲聋的轰隆声，不断把足有一座座小山那么多的大大小小石块抛向空中。蒸汽、水和灰尘越升越高，在空中蔓延开来，像是撑起了一柄巨伞。整个天空很快就被烟尘遮蔽。火山上空，几分钟内就生成了大片大片的乌云。接着是电闪雷鸣。雨水和石子噼里啪啦地打在树叶和山岩上，响成一片。

就在耳朵多多少少适应了火山的轰鸣，能听到声音之后，马上就又听到了新的响动：一阵低沉的怒吼声，从远处迅猛逼近。

“从哪儿来的这吼声？”阿克萨—古阿姆惊叫一声，突然发现那股巨大的蒸汽烟雾和乌云被映照得通红似血……

“是火！……火焰和灼热的蒸汽把山峰上世代不化的冰雪给融化了！……”

事实果真如此。几分钟之后，条条洪水便从山顶急泻直下，急流中挟带着成千上万的石块、树干和垂死挣扎的动物。

再过一分钟，一股洪水泻入一条山谷，阿克萨—古阿姆此时恰好站在山谷一边的山岩上。回山洞的路已被截断。越过这道汹涌的滔滔洪流，连想都不用想……如今要想的，只是如何逃命了。

烟雾水汽逐渐向低处弥散蔓延，空气里充满了令人窒息的硫磺和二氧化碳的味儿……头晕目眩……几块石头砸在身上疼痛难忍……阿克萨—古阿姆站起身来，用披在身上的一块豹皮包住脑袋，然后沿着分隔开两道湍流的山脊朝下奔去。

顺着山势凿出的那尊巨大无比太阳神卧像挡住了洪水去路，急流向两边漫开。圣山还没有被水淹没，阿克萨—古阿姆便朝那里奔去……

他费了九牛二虎之力，终于攀上了圣山。

但他在这里看到的是新的恐怖景象——人类丧失了理智后的惨状……

聚集到圣山上来的，全是被遗弃的、注定要死掉的奴隶。政权没了。既没有国王，也没有祭司，没有士兵。大家人人自由，个个平等。而且所有的人都富得叫人发疯……千真万确，千真万确呀！……亚特兰蒂斯还留着无以计数的财富。地震将隐秘的宝库暴露在光天化日之下，从神庙里，从金字塔内，从王宫中，堆积如山的黄金、钻石、翡翠也像洪水一样涌现在大路上，泥潭中……

人群一片疯狂……奴隶们捡起这些金银财宝，朝口袋里塞，你夺我抢，搏斗厮杀……趴在地上连搂带抠地找来找去，抓到一大把宝石后，就贪婪地把它们紧紧贴到胸口上，一会儿突然又狂笑着把它们抛撒得哪儿都是。

泥泞之中，晶莹剔透的钻石被火山的光焰一照，红得像滴滴血珠。

有的奴隶穿上了缀满金银珠宝的沉甸甸的祭司华丽法衣和皇帝的节日盛装，头上戴着法帽皇冠，疯疯癫癫地狂舞乱跳……这一切都伴随着火山不停的隆隆轰鸣……

“万一他们当中有人认出我来怎么办?”阿克萨—古阿姆惊惶地想道。

但是，他们全已极度激动昂奋，根本就顾不上谁是谁。

他也近乎发狂，急急忙忙向黑城奔去。

“古阿姆夫老爹，查莉娜！……他们怎么样了？……”

又一次地震撼动了大地，阿克萨已经离古阿姆夫老爹家不远了。突然之间，在他和老爹的房子当中的地上绽开一道巨大裂缝。从深不可测的地下升起一股硫磺味浓烈的蒸汽。

透过团团浓雾，他看到裂口的对面出现了一个女孩——阿季什尔纳—古安奇的小妹妹。

她挥动两只小手，尖声叫喊着什么。

他毫无办法去救这个女孩……风把蒸汽吹到了一边。他正好看到从空中落下一块巨石砸在孩子头上，这个活泼淘气的卷发女孩就这样一动不动了……

“这儿再也无人可救了！”他绝望地叫了一声，就发狂地奔向港口。

港湾里还剩下最后一条船，桨手们正在拼命划，但顶风使他们一时还无法出海。

阿克萨—古阿姆跃入波浪里游了起来。在被凶险的红光照亮的惊涛骇浪中，可以看到许多奴隶的脑袋。他们正向海船游去，但几乎没人能够达到目的，有的被波浪吞噬了，有的被空中飞落的石块砸碎了头颅。有一些虽然游到海船近旁却又被船上投射得很准的标枪刺死。

阿克萨—古阿姆咬紧牙关，拼命游着。暮色越来越浓，浪头越来越高。桨手们用尽了最后的力气才能使船缓缓向前移动。船上有人看到了阿克萨—古阿姆，一杆杆标枪投掷到他身旁。

阿克萨—古阿姆潜入水下，从水里游到船边，伸出衰弱无力的手抓住了一个青铜环……

## 十八　大西洲的末日

当火山第一次爆发，喷出大量蒸汽、泥土和石块时，阿季什尔纳—古安奇和谢莉都没有受到伤害。山洞保护他们避开了雨点般的石头，避开了两旁向下倾泻的急流。从山洞顶高崖上流下的瀑布，像倒挂下的水帘。在洞里不愁缺水喝，还收藏着干果和阿克萨—古阿姆做的腌肉。

可是，阿克萨—古阿姆本人却踪影皆无。阿季什尔纳—古安奇和谢莉以为他已不在人世，为他落了不少泪。

几天过去了。

当水势稍退，阿季什尔纳—古安奇和谢莉走出了自己的避难所。他们环顾四周，不禁大惊失色。周围已经变得让人认不出来了。山洞的周围仍然咕嘟咕嘟流淌着混浊的水流。巨大的树干横七竖八地倒在地上，像战场上的死尸。侥幸没倒的树木，枝折叶落，看上去格外凄惨。急流冲出许多大坑深沟，使山岩挪了位，又把大堆的石块、淤泥和火山灰冲积成山。在倒伏的树木和垃圾中可以看到泡得发胀的禽兽尸体。

大地已经成为一片荒漠，空空荡荡，满目疮痍。一片死寂之中偶尔听得见几声风儿的呜呜哀号。

天空也同样阴沉凄凉。太阳不见了，沉重密集的乌云、蒸汽烟雾和火山灰遮蔽了曾经那样明亮、蔚蓝的天穹。

亚特兰蒂斯黯然失色，再不见往日的辉煌……阿季什尔纳—古安奇的感觉就像是一个人眼睁睁地看着自己心爱的人变成一具狰狞可怖的骷髅。

他被震惊了，感受到艺术家和普通人所能感受到的双重震惊。必死无疑的想法，第一次出现在他的脑海之中，而且再抹不掉了。

他俩好像是受了惊吓的被抛弃的孩子一样，紧紧偎在一起，惊得张口结舌，久久地呆望着荒凉的世界……

泪水沿着谢莉的双颊涔涔流下。

阿季什尔纳—古安奇发觉了自己的伴侣在流泪，赶忙安慰道：

“别难过，谢莉！还没有彻底完蛋！如果我们早些时候下了山，还不知会是什么结果呢？他们一定会把你从我身边夺去，送到远方，而我只好一个人等死。现在我们不是还能想脱身的办法吗。我们设法赶到港口去看看，也许会剩下一条什么帆船呢。如果没有，我就钉一个木排，再装上一张帆，我们可以渡海去东大陆①。海峡不太宽，而且沿途有许多小岛。明天一早我们就上路。”

“噢，但愿火山能再多给我们几天的时间……明天

① 东大陆，即非洲，与亚特兰蒂斯仅相隔着一条海峡。在这以前它们曾是一个整体。亚特兰蒂斯和非洲大陆的之间的岛屿，柏拉图的著作里也曾提及。这一点和柏拉图其他许多有关亚特兰蒂斯的论述，都找到了说明它们正确的充分证据。——拉里逊注

一早我们一定动身……”

但是，火山没有为他们延期。

当夜，谢莉正在铺开的兽皮上安详地睡着，阿季什尔纳—古安奇在思考着如何逃生，地下的力量突然又开始发作。蒸汽喷射，飞腾而起，然而这只是开场[1]。

突然之间，强烈的地震撼动了山洞。洞顶的一块巨石脱落下来，正好砸到熟睡的谢莉肩头。她疼得尖叫一声，惊醒了。阿季什尔纳—古安奇跑过去，急忙抱起她奔出山洞。

借着篝火的光，阿季什尔纳—古安奇惊恐地看到她的肩膀被砸得皮开肉绽。他想立刻抱着自己怀中的心肝宝贝逃走，但已经不可能了：往上走，是悬崖峭壁；往下走，两道激流流过一块巨石之后，已经汇成一股洪流，切断了出路。在黑暗之中双手托着一个活人，趟过这道挟带着巨石的汹涌水流，干脆连想也不必去想……

阿季什尔纳—古安奇把谢莉平放到地上。

狂风在怒吼，风暴在呼啸，洪流挟带着石块隆隆作响，雷鸣，急雨，黑暗……

突然，从地心深处传来一阵低沉的隆隆声，盖过了所有的声音。这响声越来越大，越来越近，震撼了

---

① 火山爆发往往以喷射蒸汽为先导；有时喷完蒸汽爆发即告结束，但一般是在蒸汽喷射后马上喷出大量熔岩。——拉里逊注

大地。

地面在抖动，左右摇摆，升起又落下。地下，烈火恶魔要挣脱地壳束缚的吼声越来越强劲有力，猛然间就化成一声超乎大自然力量的爆炸，震天动地。

火山的整个锥顶一下子飞到了九霄云外。山岩的碎块在空中横飞，火山口涌出的岩浆的红光从下面把飞石照得越来越亮。乌云红得像在冒血。在被截掉锥顶的黑黢黢火山的山腰上，突然出现了一个炫目的亮斑。这是熔岩正在溢出火山口的边缘。它的炙人热浪很快传来。空气立即灼热逼人，硫磺和二氧化碳的气味愈加浓烈。呼吸变得十分困难。

抛到空中的巨大石块又落入喷火口里。从地下涌出的蒸汽在喷火口受到压缩后猛然喷出，又把这些石块抛回空中。于是形成了一种奇异的叮叮当当、轰轰隆隆的声音，就像是一座庞大得惊人的打铁炉上正在干活。

细碎的石块飞溅到阿季什尔纳—古安奇和谢莉身边，噼里啪啦地落到他们的周围。阿季什尔纳—古安奇吓得一动不动，呆呆地坐着，丧失理智的目光死死盯住火山口上那道越来越眩目的亮光。

熔岩宛如一条无数太阳串成的项链，在火山口的边缘围了一圈。项链在变粗，不时垂下同样眩目耀眼的条条“流苏”般的热流，沿着世代不融的冰雪永冻层向下流淌。冰融化了，变成被火山光焰映照得通红的蒸汽。一股股新的汹涌水流又急泻而来。

正当阿季什尔纳—古安奇万念俱灰之际，他惊喜地发现，流淌下来的岩浆被空气、土壤和水流冷却，边往下流边逐渐变硬，慢慢地暗淡下去，终于结成一层灰暗的外壳。

在一段时间之内，后续的熔岩流到这层外壳上，又使它闪出光亮，就像正熄灭的篝火偶尔会迸出火星一样。渐渐地，它彻底熄灭了。但是又有新的一股股岩浆突然溢出火山口的边缘，异常迅速地沿着已经凝结起的平滑炙热的岩浆外壳奔流直下，直到漫过它的边缘，流到高低不平的凉爽土地时，它才放慢速度，逐渐凝结起来。熔岩一次比一次流得更低，结成的外壳也越来越厚。

由于毒气的窒息和伤势沉重，谢莉失去了知觉。

阿季什尔纳—古安奇像抱婴儿一样把她抱在手臂上，想让她苏醒过来，就不断地机械地重复着：

“等到天亮就好了！”

他不知道天早就亮了，这会儿已过了中午，可是天地仍然沉浸在昏暗之中，发光的只有火山的红色火焰。

火山顶上空卷起蒸汽和乌云的旋风。火光映照之下，它们也像是腾腾烈焰。蟒蛇一样的闪电把这些编织成混沌一团。而雷鸣声则被火山不停的轰隆巨响所吞没。

不能再等待了。越来越多的大石块在他们周围跌落。有几块石头正打在阿季什尔纳—古安奇和谢莉的身上。她的呼吸愈加费力。红色的火光映照着她由于痛苦而变形的僵硬脸庞，看上去就和死人一样。

就是阿季什尔纳—古安奇也感到呼吸困难，不时张大嘴巴吸进几口有毒的空气。他觉得滚烫的暴雨和自己的冷汗不断混合在一起。脑袋在旋转，耳朵里一片轰鸣，太阳穴突突乱跳……

他吃力地站起身来，两手托起谢莉毫无知觉的身体，突然又无力地坐倒在地……两条腿由于乏力和激动抖个不停。地面又摇晃起来，一会儿像是从脚下消失；一会儿又突然颠了上来，几乎把双腿齐膝折断。他觉得自己快要失去知觉了。他强打精神，用兽皮把谢莉和自己的头包上，上路了，软弱无力的手臂觉得谢莉的身体越来越重。

他抱着谢莉又一次倒下，他听了听她的呼吸，又重新在被残毁的、仿佛发出声声哀鸣的树林中向前走去，途中，石块、树干和野兽的尸体不断地磕绊着他，一条汹涌的急流挡住了他的去路。

阿季什尔纳—古安奇站住了，不知如何是好。流水奔腾，被山洪挟带的巨石，撞到水路两旁突出的岩石上，轰然作响。他回头望了望，似乎想找出条生路。但是，岩浆已经越流越低，就要流到他们舍弃的那个山洞了……必须当机立断。

阿季什尔纳—古安奇在寻找渡口。他鼓足力气，开始涉水横渡急流。但是，湍急的洪水立即把他掀倒，他和谢莉一起跌入水中。就在这一瞬间，急流把他们冲向了对岸，阿季什尔纳—古安奇身体的一侧撞到一块石头上，剧痛钻心。他吃力地挣扎着上了岸，放下了谢莉。水使他清醒了一些。谢莉也现出一点儿活着的征兆。

他喘了口气，就又继续赶路。这里飞落的石块已经少了一些，树上还残留着一些叶子，这些树叶稍稍挡住了窒息性毒气的蔓延。呼吸比较轻松些了，阿季什尔纳—古安奇加快了步伐。但是，走起来还是挺费力，地面仍然像以前那样摇晃着。还得时常绕过地上的裂缝和新出现的地壳皱褶，终于，他下到了圣山上。

这里已经没有阿克萨—古阿姆所看到的那种疯颠狂荡场面了。大部分奴隶藏到了地下室里。街上看到的都是疯子。他们或是哈哈大笑，手舞足蹈，或是号啕大哭，揪头扯发。有的则坐在地上一动不动，木雕泥塑般地茫然漠视着一切……

又一次地下的冲击撼动了大地。火山顶上蹿起一股巨大的烟雾火焰。冲破了乌云，罩在火山口上空，形同一柄巨伞，突然之间，它迅速地落回地面。

第一阵风里带来了刺鼻的团团浓烟，阿季什尔纳—

古安奇觉出空气里含着毒气。他喘息着。再向港口逃跑已经为时过晚……阿季什尔纳—古安奇环顾四周，发觉自己正站在最高机密守护大祭司阿茨罗—沙努的宫殿旁边。花园围墙的大门敞开着。他跑进花园，又跑进宫殿，沿着熟悉的长廊向下走进了地下室。

这里的空气比较洁净。但所有的墙壁都是裂缝条条。他跑进了藏书库，不由惊讶地站住了。房间的天花板已经塌了，从窟窿里可以看到通红的天空。地上横陈着几具奴隶的尸体，这些服侍阿茨罗—沙努的奴隶是被掉下来的天花板砸死的。一张桌子旁还点着灯。一大堆青铜片堆在桌子上。

桌前坐着身穿黑色祭司服的阿茨罗—沙努本人。他依旧像往常那样安详，正在一丝不苟地用刻针在青铜片刻写。

“你还在这儿?!”阿季什尔纳—古安奇惊诧地叫出声来。

阿茨罗—沙努抬起头来，望了望阿季什尔纳—古安奇，他那炯炯有神的黑眼睛里闪动着嘲弄的火星儿。

“啊！‘长翅膀的飞龙’，飞到了山下，带来了偷走的小鸽子？……”

阿季什尔纳—古安奇把谢莉放到地上，想使她苏醒过来。

“别管她！”阿茨罗—沙努厉声说，“昏迷不醒——

这是大自然赐给她最宝贵的礼物。不要剥夺她得到的这份赠品。你到这儿来!”

阿季什尔纳—古安奇听从了。他盖好了谢莉，走到祭司跟前。

“你没有走?”他向祭司问道。

“我要跟亚特兰蒂斯死在一起，”阿茨罗—沙努平静地回答，又笑着补充一句，“再说，总得有个人写编年史。没有最后几天情况的记录，亚特兰蒂斯的历史就不完整了。”

“如果亚特兰蒂斯本身都灭亡了，这些记录又有什么意义呢?……”阿季什尔纳—古安奇困惑地问道。

“一些种族会消亡，但人类却将永存，”阿茨罗—沙努回答说[①]，“给我讲讲吧，这几天你是怎么过的，你看到些什么——我要记下来。我的奴隶全都死了，所以我的观察范围受到了限制。”

阿茨罗—沙努的话里有一种威严的力量。

阿季什尔纳—古安奇像是半睡半醒地讲叙起来。阿茨罗—沙努认真地记着，有时还提几个问题。

---

① 阿茨罗—沙努显然具备深远的历史眼光；他为历史而写，为生活在成千上万年之后的“我们”而写；他没有想错：我们找到了这些记录，它给我们提供了极为宝贵的材料，我的这个故事就取材于这些资料。亚特兰蒂斯“青铜文献”的科学价值是整个科学界人所共知的。——拉里逊注

地面、墙壁和家具全都颤抖起来，青铜片叮当乱响，在桌子上滑来滑去，阿茨罗—沙努坐着的椅子也晃来晃去。瓢泼大雨从塌了的天花板窟窿里倾注下来，在地上汇成许多水洼，被砸死的奴隶的血淌到了水洼里，而阿茨罗—沙努还是一如往常，镇定自若，自顾兴致勃勃地刻写下去。

令人窒息的毒气逐渐蔓延到这里。阿季什尔纳—古安奇感到一阵头晕。

他望着地下的石板，神智不清地想弄清楚眼前发生的事到底是怎么回事，但无论如何他也无法明白：这究竟是他自己的感觉，还是果真如此：石板在分开，形成裂缝，裂缝越来越大。他突然之间清清楚楚地明白了，这既不是梦，也不是谵妄：巨大的裂口分开了地面，变成一条大沟，把他和谢莉分开了。

躺在深沟那边的谢莉和地面一起突然离他远去。厚实的墙壁卡嚓嚓响着，摇晃着，坍塌了，一切都在震颤，在崩坍。

阿茨罗—沙努连同他的青铜表报以及握在手里的刻针一起，突然消失了……

阿季什尔纳—古安奇奔向地面的裂口，向着谢莉伸出了双臂，但肩头不知被什么猛砸了一下，把他砸倒在地。他趴在地上看到，隔开谢莉和他的深渊般的裂口越来越快地扩大，终于变成无底深渊，而且立即充满了熊熊火焰。

远处的墙壁也都倒了，突然露出了火山和大洋。地面高高升起，于是，神志昏迷的阿季什尔纳—古安奇看到了最后的景象：这道深渊从亚特兰蒂斯的一岸穿过山脉直到另一岸，把整个大陆一劈两半。张着大口的深渊满是火焰。大西洋的海水涌进了火焰的深渊。海水顿时变成蒸汽，把大陆的裂口冲得更大，释放出更多的火焰……自然力量疯狂的拼搏……所有这一切也许只是瞬间……

阿季什尔纳—古安奇和整个的圣山一道，径直飞到乌云之上，然后又同样急遽地落下，坠入大洋的无底深渊之中，波赛冬尼斯城和它所有的神庙、金字塔、灯塔、山脉、人和动物全都跟他一起葬身洋底。

完了！

一夜之间，亚特兰蒂斯无影无踪了。

原先繁花似锦的安修[①]岛的所在，形成了一个汹涌澎湃的巨大漩涡，其面积超过了原先大陆的面积。

火焰和蒸汽在漩涡上奔腾，渐渐变成一个无限巨大的火与水的圆锥。

水火之战渐渐平息，亚特兰蒂斯葬身所在的洋面上

---

① 安修者是生前为上帝所喜欢，死后得以升天的人。把大西洲称为安修岛有两层含意。——译注

却难以平静，到处漂浮着树干、人和动物的死尸。

## 十九　死亡之船

一艘既没有桅杆，也没有桨橹的摇摇晃晃的大船，被一道湍急的洋流所挟裹，在风雨大作的洋面颠簸，天空昏暗似铅，阴险地现出一线暗淡的微光。

浓重的大团大团乌云似乎已经把天空坠了下来，压到了洋面上。大洋躁动不安，高大的浪涛直扑云间。狂风、暴雨、波涛、乌云，宛如群魔乱舞，太自然的各种力量搅成了乱七八糟的混沌一团。

狂风怒涛震撼着这条已经半毁的大船。船吱呀乱响，像受伤的动物垂死挣扎般抽搐不停。

飓风驱赶着乌云和波涛，波涛驱赶着大船，它们一起以发狂的速度急驰，就像从地上向地狱的无底深渊跌落。

不时有火焰的一道道光束撕开黑沉沉的乌云，隆隆的雷声压住了风浪的吼叫。闪电的光芒刹时落到浪峰上，一声怪响，电光便在浪头里炸开了，被它击中的地方顿时腾起一团水汽。

每当电光撕破黑暗，都可以看到五层海船的甲板一个挨一个地坐着许多奴隶，他们全被铐在锁链上。

他们全都是死的。

僵硬的尸体依旧用佝偻的手指握着断了的沉重船桨。死鱼一般的眼睛里凝聚着最后一次对死亡的恐惧。风吹打着裹在他们半裸身体上的破布片。

他们和奴役他们的“太阳之国的统治者们”遭到了同样下场。伟大的亚特兰蒂斯毁灭于大洋的深渊和火山的烈焰之后，它的奴隶们也随之死于船上……随船逃命的祭司也通通死了。

只有一个人保全了性命。

这是一个留着长长花白胡须的冷峻老人，他穿着长长的黑袍站立在船头上，水花落到他身上，好像给他披上了白色的尸布，可是他还活着，眼光阴冷有如无底深渊，双手紧紧握住一副支撑青铜圆盘的三角架。这个祭司凝神往黑暗中看去，寻觅着幸存的世界的岸边，好把船靠上去。

乌云偶尔露出天空一下，这个亚特兰蒂斯人便试图在短短的一瞬依据星星确定航向。船前腾起汹涌的巨浪，船慢了下来。

这条船是在亚特兰蒂斯的覆灭显而易见的时刻，驶离海岸许许多多船只中的一条。

许许多多的船只中的一条……其他的船又怎么样了呢？……

第一批驶离亚特兰蒂斯的船队，装载着皇室全部成员和祭司们的家庭。祭司曾护送这支船队。

船队横越了非洲海峡，靠岸了。

与此同时，整个亚特兰蒂斯正在因遭到地下的冲击而战栗不已，它的首都——伟大的波赛冬尼斯城里，许多建筑都裂开了大缝。

暮色愈加浓重，瓢泼大雨下个不停。偶尔还能看见那暗淡发红的太阳，就像是神的愤怒脸庞一样。

祭司回想起那队向非洲内地前进的人来，这一队人简直就是一支出殡的队伍。

事实也正是如此："太阳之国"毁灭了，一个个伟大的安修岛踪影皆无了，高度的文明消失了……

队伍就像一条无穷无尽的带子，穿越了西非的灌木丛和森林，那里曾是亚特兰蒂斯搜罗奴隶的地方。这支阴沉沮丧的队伍一直往前行进，一直往前，一直到达托尔特克人、玛雅人和加利人的国土……

夜晚比白天更难熬，女人哭，孩子叫，被鞭子驱赶的奴隶在呻吟，驴和骆驼也不断哀鸣。沉重的青铜车辆陷进泥潭。黑暗中晃动着火把的红光，一会儿照亮了祭司手中捧着的金神像；一会儿照亮了被雨水冲得溜滑的大象的臃肿身躯；一会儿照亮了青铜标枪短剑；一会儿照亮了抱着婴孩的母亲惊慌的面孔……

火把的亮光偶尔也照在黄金肩舆上，露出一张脸来，这就是不久前还统治着世界的那个人：亚特兰蒂斯的末代皇帝古安—阿塔古耶拉干。

“亚特兰蒂斯人的政权就像大地一样不可动摇。”——祭司想起了皇帝常常挂在嘴边的这句话。瞧瞧他现在那副尊容吧：这个面色苍白、疲惫不堪的世界主宰因为竭力想保住盛气凌人威仪而益发显得渺小猥琐，微不足道。

飓风的怒吼，龙卷风的呼啸，使所有的声音都化为一种垂死的土地始终不停的单调哀嚎声……

第一批逃亡者到达非洲大陆之后，祭司便返回亚特兰蒂斯，带领其他船队开航。

黑暗更厉害地向亚特兰蒂斯压下来。地面像得了寒热病一样抽搐不停。短促的震动越来越频繁，一次比一次更强烈。波赛冬尼斯被火把照得通明。一座火山的山顶上冒着浓烟，它的上空出现了令人胆战心惊的红色反光。

祭司经过圣山向波赛冬尼斯神殿走去。传来人群的喧哗声，被抛弃的、注定要死亡或被驱逐的人们的哭叫声。这种哭闹声被火山的轰鸣压倒了。火山在沉重地喘息，像是在积蓄力量。

祭司等级和最后一批船队离开了。在亚特兰蒂斯只剩下被遗弃的奴隶。还有一些自由民也留下了，他们过于留恋自己的太阳之国，不相信亚特兰蒂斯毁灭在即。

当最后一批船只从海底吊起青铜锚时，火山顶已是火海一片。来自地下的冲击甚至在水中也能感到，船只都发起抖来。

船终于离岸，永远离开了繁花似锦的亚特兰蒂斯。岛上芬芳的花香此时已经和火山硫磺刺鼻的毒气混成一团。那座波赛冬尼斯神殿就处在它脚下的整个山峰被照亮了，可照亮它的不是令人欢欣喜悦的太阳神的光辉，而是通红如血，令人恐怖的地下烈焰。

留在岸边的奴隶向驶离的船伸出两臂，跪在地上哀求把他们也带走。不少奴隶跃入水中，游到船边抓住船桨，使桨手无法划动。于是，一支支青铜箭和标枪从甲板上准确地向他们飞来，把他们杀死。

女人们站在岸边，或是拖儿拽女，或是挥着拳头威吓，或是对着驶离的船只扔石块。不少人发了疯，狂笑着把孩子抛到大洋里……

船驶出了港湾；风马上吹鼓了三角桅杆上的船帆，把逃亡者送到茫茫黑暗之中无边无沿的大洋，送向吉凶难料的未来。于是，只剩下这一条船……也许就是最后一批离岸船只中得以幸存的唯一一条……

湍流将它带往何方？还能不能重见太阳？……

空气一天天变得更冷。乌云依然布满天空，但颜色渐渐成为浅灰。大洋的颜色也同样是一片浅灰。

白天和黑夜已经可以分得清了。到了白天，阴沉灰暗的朦胧光线照亮了船和船上死人僵硬的铁青面孔和浑浊眼珠。

冷冰冰的寒气钻进了祭司只过惯炎热夏天的身体里边。但是，由于寒冷的到来，使船上的人兽尸臭减轻了不少。

祭司用冻僵的双手从船上的仓库拿出件皮袍披到身上。

祭司发现，洋流的方向偏转了，使船速一会儿慢，一会儿快。船驶进了水下暗礁区。

逃亡者终于看到了陆地的岸边。

凄凉、阴沉而荒凉的山岩披覆着积雪，高高矗立在灰色的洋面之上。

灰色的天空缓缓降下大片大片的雪花……

这就是它，一片新的土地，他的漂泊就在这里到头了……！

湍急的水流把船送到岸边，抛到近岸的石头浅滩上。

最后的一个亚特兰蒂斯人下船登上了这块土地①。

---

① 亚特兰蒂斯人留下的痕迹曾在法国布列塔尼的北岸发现过。——拉里逊注

布列塔尼，法国西北部半岛，濒临英吉利海峡和大西洋，海岸低而陡峭。——译注

冷峻的老人走上了一个小山丘，向这陌生的、怀着敌意的异域环视了一下。

周围是一片死寂空旷。只有不知名的鸟儿尖叫着在洋面波涛上飞来飞去。

黑夜来临了。漂泊者躲到一个山洞里，点燃起神圣的火焰，架好托着一轮太阳的三脚架，把冻僵的双手伸向正在热起来的火光，用虚弱的颤抖嗓音唱起太阳颂歌……

这天夜里，他坐了很久很久。篝火跳动的火焰照亮了他的衰绪万千的面孔……终于，疲惫不堪的老头裹着皮袍睡着了。他在梦中又看到了亚特兰蒂斯的太阳。

第二天早晨，他开始在这新地方安家。他从船上搬下来青铜工具、武器。用船上的木板给山洞口安了一扇门。把船上储备的食物和几个匣子放到洞里，匣子里保存的是亚特兰蒂斯人的经书和种子。

每天早晨，他在日出之前很早就起身，走到海岸上。等待太阳升起。

天空仍然和从前一样蒙着一层灰雾。但他坚信：太阳一定会回来——光芒万丈的神一定会再现。

果然，太阳在一个晴朗的寒夜之后重现了。

昨天傍晚刮起的北风吹跑了天空中的灰雾，露出了闪烁着陌生星座的苍穹。

早晨来得还是那样的晴朗寒冷。东方的天空被朝霞染成了玫瑰般的红色。

突然之间，太阳从地平线后面升起来了……

它在经历了与黑暗的搏斗之后，显得疲惫不堪。

但是，在漫长得几乎是遥遥无期的忧伤别离之后，他的神重又和他在一起了。

在一刹那间，太阳似乎停在海面上，日轮两旁水平线伸向远方。从太阳一直到祭司伫立着的岸边，海面上出现一条金带，宛如在太阳和凡人之间架起了一道金桥。

就在这一时刻，日轮、水平线和洋面上的金带构成一副图案，与亚特兰蒂斯人奉若神明的图腾极为相似。这样的图案在各地都可以看到：在极圈内、在热带、在南美和中亚、东亚的内地。

冷峻的须发花白的祭司，激动虔诚地跪倒在地，向冉冉升起的太阳伸出双臂，唱起了太阳颂歌。

他的声音坚定有力。朴实而又优美庄严的旋律在空旷的岸边响起，激起了岸边山岩的回声……

他歌诵最最最圣明的神的强大无比，它战胜了黑暗的恐怖，赐予人欢乐的光和热，赋予大地千姿百态，瑰丽万端，它使果实充满汁液，使疾病得以痊愈。

他歌颂太阳，它使露珠钻石般光辉璀璨，使云儿红似玫瑰，使流水金波荡漾。

他歌颂太阳，是它化成人的热血，是它化成葡萄的甜汁，是它化成了金色的麦粒。

他歌颂太阳，它就是欢乐，它就是生命。

他尽情唱着，没有看到自己歌声吸引来的人们。岩石后面出现了几个身披着兽皮、面色白皙、蓝眼金发的人。他们的皮腰带上挂着石斧。

他们莫名其妙地望着这个身穿黑袍、用听不懂的语言唱着歌的怪老头。

他从哪儿来的？……他来这儿干什么？……他包藏着什么祸心吗？……

## 二十　最后一个大西洲人

寒冷的气候对亚特兰蒂斯老人是致命的威胁。他登岸后不久便病倒了。祭司想起丢弃在岸边的破船上还存有药物，就拼命克服了极度的衰弱，登上了它的甲板。

突然，他仿佛觉得自己出现了谵妄。

一根桅杆旁边，沐浴在北方苍白的太阳光下的，是一个端坐着的人。这个人的脸看上去疲惫不堪，还带着病容。然而他却有着典型的亚特兰蒂斯人的特征：长长的颅骨和鼻梁，头发是黑的，皮肤是金黄的青铜色，还有那身上的装束……

祭司走了过去。不认识的人回头一望，两人几乎同时叫了起来：

“什特查!”

“阿克萨—古阿姆!”

他们犹豫不决地站着：什特查祭司和参加过奴隶们反对圣山的起义而应当被皇帝和祭司们处死的阿克萨—古阿姆。

终于，他们友好地伸出手来互致问候了。

这一夜，两个宿敌在篝火旁坐了很久，交谈着各自的经历。

就在火山头一次爆发的那个恐怖之夜，阿克萨—古阿姆潜泳到最后一条离开海岸的船的尾部，拽住了一个青铜环。在夜幕的掩护下，他攀上缆绳，钻进半敞着的舱口，溜进底舱，整个航程中他躲在那里。由于缺乏新鲜食物，他得了一种亚特兰蒂斯岛上从来没发现过的一种疾病：双腿发肿，齿根松动，牙龈出血[①]。空气被尸体的腐臭所污染。如果不是离能进来新鲜空气的舱口不远的话，他早就窒息而死了。他经受了难以想象的磨难之后，由于身体的衰弱和肿胀的双腿上的剧痛，到了船

---

① 毫无疑问，这是坏血病。——拉里逊注

靠岸时，他已经无法动弹。

新鲜空气和阳光逐渐使他恢复了体力。

接着，什特查也向他讲述了自己的漂泊，一直说到双方相遇为止。

“这里住着的是身披兽皮的淡黄色头发的人。这些野人使用的是用砍削的石头制成的粗笨的刀斧①。他们不会种地，吃的是打死的野兽的生肉。他们甚至还不懂取火。我差点儿就被他们给杀掉。但是，我点起的篝火叫他们敬畏得发抖，我们闪闪发亮的青铜武器叫他们欣喜若狂。现在他们几乎对我敬若神明了。他们的语言简单贫乏。与其说是语言，倒不如说是动物的叫声：被激怒时，就像野兽一样嚎叫，到了追击野兽或敌人时，双方狂吼乱叫，声音听起来就全一样了。不过，他们非常好奇，也很会模仿。他们能理解什么是亲切温柔，当他们信任对方时，就像个孩子一样轻信……谁知道呢，也许到了将来，他们能变得和亚特兰蒂斯人一样……

什特查疲倦了，闭上了眼睛。他吃力地喘息着。

他在发烧，苍老疲倦的脸上泛起了红潮。

“我就快死了……能遇上你，多好啊！你能替我合

① 当时亚特兰蒂斯已经能够制作青铜器，而欧洲尚处于石器时代。——拉里逊注

上双眼，照我们的习俗埋葬我。一切都会过去……种族也会像一个人那样死去，整个国家也会消亡……也许，你是亚特兰蒂斯的最后一个人了。其他人怎么样了呢？你也会死，对亚特兰蒂斯的记忆千百年后会被忘却……太阳就快升起来了……把我挪到岸上去吧……”

阿克萨—古阿姆把祭司送到岸上，把他脸朝东放下。

什特查已经说不出话来。他只能对着旭日射出的光芒微微一笑，死了。

阿克萨—古阿姆孑然一人了——也许，在整个世界上，也只剩下他这最后的一个大西洲人。

他和这荒蛮之地的土著熟悉起来，很快便以自己的知识赢得了他们的深深爱戴。

春天到来。他教他们耕地，把种子播到用锄翻松的土坡里。他教会他们用干燥的木头钻木取火，教会他们用火石撞出火星点燃枯枝和干苔。他们从阿克萨—古阿姆那儿学会了许多手艺和知识。他们之中的一部分成为定居的庄稼人，其他的则继续狩猎或打仗。在漫长的冬夜，阿克萨—古阿姆便向他们讲述美妙的黄金世纪的情景，那个时候，人们在常年鲜花盛开的园林里幸福地生活着，树上一年结出好几次果实——人们无忧无虑地……他还讲述安修岛的富丽辉煌；讲述结着金苹果的黄金花园；讲述英勇战斗和整个民族和国家惊心动魄的毁灭；讲述毁灭时可怕的狂风暴雨；讲述他们之中的一小部分人如何乘海船逃离；讲述了自己40个白天和40个黑夜的航程，终于得救的经过……

人们像孩子般好奇地凝神倾听着这些故事，互相转述，不断地加上自己的想象和美化，珍爱它有如神喻。